正能量·美文馆

云要跳舞，我要歌唱

YUN YAO TIAOWU
WO YAO GECHANG

心灵正能量

主编◉王国军

郑州大学出版社

图书在版编目（CIP）数据

云要跳舞，我要歌唱/王国军主编 . —郑州:郑州大学
出版社,2015.2(2023.3 重印)
（正能量·美文馆）
ISBN 978-7-5645-2139-4

Ⅰ.①云… Ⅱ.①王… Ⅲ.①散文集-中国-当代
Ⅳ.①I267

中国版本图书馆 CIP 数据核字（2015）第 006140 号

郑州大学出版社出版发行
郑州市大学路 40 号   邮政编码:450052
出版人:孙保营   发行部电话:0371-66658405
全国新华书店经销
三河市鑫鑫科达彩色印刷包装有限公司印制
开本:710 mm×1 010 mm 1/16
印张:13
字数:194 千字
版次:2015 年 2 月第 1 版 印次:2023 年 3 月第 2 次印刷

书号:ISBN 978-7-5645-2139-4 定价:42.00 元

编 委 名 单

序

  曾和一群朋友讨论过,什么样的生活是我们想要的。我想,这种生活,首先是自由的、快乐的,令人满意的,并且能通过自己的双手演绎得精彩无限。

  也许每个人都希望自己是幸运的,做什么事情都一帆风顺,但命运这架天平的砝码,却永远掌握在自己的手里,想要多好的生活,就应该付出多大的努力。中间多艰难不要紧,只要肯努力,总会有一条路能走出精彩。

  但很多时候,看到别人被鲜花和掌声簇拥,很多人并不去想那掌声和鲜花背后的汗水和泪水,却总是怨恨老天的不公,哀叹自己的怀才不遇。仔细想想,没有奋斗,哪来的成功? 因此,不要羡慕别人的成功,不要埋怨自己付出了却没有收获,应该静下心来,想一想,你真的为你的梦想做到问心无愧了吗?

  我们来看看这个奋斗的"奋"字吧,上下拆开,就是"一""人""田"三个字。你想想啊,一个人在一块很大的田地里劳作,能不辛苦吗? 可是,也只有辛苦劳作,才会有收获,才会有成功。任何成功都不是平白无故而来的,不是躺在家里做白日梦就能得来的,必须"奋斗"才行。"奋"是一种态度、一种气魄、一种谋略,而"斗"却是实干,是争取。

  当然,要想成功,也并不是仅靠奋斗就行的,还要善于把握机遇,人生总有很多偶然,每次偶然也都是一次机遇,只要抓住其中一次机会,坚持不懈,就能改变自己的命运。

  编选"正能量·美文馆"丛书,是我们响应广大读者的阅读要求,新扩展的贴近生活、贴近心灵的系列图书,也是一套教你排除负面情绪,掌控正向能量的心灵之书。"正能量·美文馆"丛书共计十卷,精选《读者》《青年文摘》《格言》《知音》等知名杂志作家最温暖人心的心灵美文,作者涵盖朱成玉、王国军、刘清山、包利民、马浩、鲁先圣、孙道荣、清心、古保祥、崔修建、侯拥华、纪广洋、凉月满天、张军霞等人。

  这些精选的美文内容生动、充实,或出自你我身边,或源自经典案例,或来自于内心深处的思想结晶,在这些文字中,你可以感悟青春,体验爱,领略成功的魅力……

编者

2014 年 8 月

目 录

1

2

第五辑

只要站直,就能撑起一片天

第一辑

花影流年

把那些过往慢慢地沉淀成一种幸福,回望时,只有微笑。就像那些曼珠沙华,悲伤的叶片落尽,便将幸福满满地绽放!

梦想从来不卑微

李红都

他的噩梦是从三岁那年开始的。

那天，母亲终于从亲友们"贵人行迟"的安慰声中省悟过来。抱着浑身瘫软的他坐上火车，直奔省城的儿科医院。大夫无情的诊断打碎了母亲最后一丝希望，"重度脑瘫，像这种情况目前尚无康复的前例……"母亲抱着他，哭了个天昏地暗。丈夫说："我们再生一个吧。"她不依，为此丈夫和她翻了脸，扯下一纸离婚证，从此与她成了陌路。

为了照顾他的生活，并有足够时间带他看病，母亲辞去工作，带他住进福利院。好心的院长在福利院后勤部给她安排了一份洗衣做饭的工作，让她得以边工作边照顾他。

8岁那年，他终于站了起来，但他的四肢并不听从大脑的指挥：他的十指痉挛地扭曲着不能并拢，腿也笨拙得迈不出直线，用"张牙舞爪"来形容他走路的样子，倒真有些生动形象……

虽然走路的样子不雅观，但总算能独自站立行走了。母亲多少感到一些欣慰。只是，他的情况太特殊，尽管早已过了上学的年龄，却没有一家学校愿意接收他。

母亲找来别的小孩用过的小学课本，用有限的文化知识教他学习拼音和汉字。他歪着头口齿不清地叫她："老——师——"她看着他明亮的眼眸，笑成了一朵花，转过身，却飞速地用手背擦去眼角溢出来的泪花。

18岁那年，县残联推荐他和另外几位重度残疾人参加市残联举办的残疾人职业技能培训班。首次接触电脑的他，一下子被电脑中变幻莫测又精

美异常的图案迷住了。

他决心攻下电脑知识，便报名参加了电脑初级班的学习。教室里，辅导他的老师甚至有些不忍心看他，因为他的双手严重扭曲，每在电脑上敲打一个字，全身都要跟着一起使劲。尝试了多次，他依然不能像正常人一样将十指准确地放在键盘上完成盲打的训练，他只好用两个大拇指轮流着击打键盘，艰难地完成了打字的训练。

电脑班结业后，他开始想办法用有限的电脑知识找工作，但是，面对他这样一个路都走不稳，手指也不灵活的重残者，没有单位敢接收。看着镜子里的自己，唇上已长出细密的"绒毛"，却仍靠头发花白的母亲在福利院给人洗衣做饭赚到的几百元工资生存，他恨自己没用。

他想死，母亲说："我现在除了你，什么也没有了，你要是死了，我也不想活了。"他拉着母亲的手，号啕大哭。

哭过后，他做出了一个决定："既然没人要咱，咱就自个儿给自个儿打工。"母亲吓了一跳，摸了摸他的头，不是发烧了吧？他忍着泪，拼命调整好不听话的表情肌，给了母亲一个微笑……

捧起一位好心人送的《photoshop CS 教材》，他在别人淘汰下来的电脑上一点点地摸索。

一年后，他已能用"二指禅"熟练地在电脑上设计各类平面广告。他对设计近乎痴迷的热爱打动了每一位认识他的人。母亲也动心了——也许行动不便的他真的适合走这条路呢。

在母亲拼尽全力的努力和社会上几位爱心人士的帮助下，一家小小的广告公司成立了。他是老板，也是员工。不懂电脑的母亲，是他的业务联系人，同时也是他的保姆，照顾他的生活起居。在这间租来的民房改造成的小公司中，临街的那间"门面房"就是他的"经理办公室"，里面的一间是他和母亲的卧室兼厨房。

身体的残障加上他与社会接触面的局限，使得生意很冷清，常来光临的客户多是周围了解并同情他们母子生活的居民。

空闲时候,他最喜欢的事便是和母亲一起憧憬未来:他的业务在不断发展;一位心地善良的好姑娘在人生路上成为他的伴侣,辅助他成就更大的事业,买下一套不大也不小的房子容纳他们纯美的爱情;母亲终于苦尽甘来,穿着漂亮时尚的衣裳,戴着珠宝项链,想去哪儿就去哪儿,想买什么,都买得起。

母亲疼爱地看着他,笑而不语。曾经,她以为他能走路、能自己吃饭、能依靠她微薄的薪水生存下去,她便很欣慰。不承想,他居然能用残疾之躯,走上自强自立的路。在母亲心中,无论他有着怎样的残疾,他都是她心里最棒的孩子。

两年后,他的业务水平日渐完善,但生意仍然时好时差,收入仅够维持朴素的日常生活。妻子和房子,对目前的他来说,仍是个遥远的梦想。

在这个流光溢彩的城市中,他们无疑是挣扎在社会底层的小人物,重度的身体残障更是给他的生活刻上了卑微的烙印。但是,他们的梦想却从来不卑微。

或许,他的梦想只能停留在幻想的美好世界中,但那又有什么关系? 因为正是那些可能一生也实现不了的梦想,才让他有了拼搏的力量,带着回报母爱的心愿,一步一步艰难却执着地行走在人生的道路上。

忍

子薇

　　以柔克刚，以弱胜强。刘姥姥是很懂得这一套生存哲学的。为了一家人的生计，一个集智慧、侠义于一身的乡村老妪，带着外孙板儿迢迢长路辗转奔波，通过周瑞家的引领，来到富丽堂皇的荣国府，见着了管家凤姐，得银二十两。二进荣国府，她有幸见到了老祖宗贾母。三天的时间，从现编现讲故事，到被凤姐插了个菊花满头，从"老刘，老刘，食量大似牛，吃一个老母猪不抬头"之戏言，到行酒令让大家开心乐呵，刘姥姥通过倾情表演、豁达扮丑来取悦府内一干人等，不仅加深了与荣国府上下的感情，也得到了真金白银的实惠。三进荣国府，已是贾氏大厦将倾之际，知恩图报的刘姥姥慨然担负起了回报的使命。这便是刘姥姥的大智大义大境界，她与贾母一般高龄，其表演，其扮丑，令人叫绝，也令人心酸，说到底，她是一位睿智的忍者。

　　韩信忍受"胯下之辱"，更是令人叹为观止。自幼失去父母的他，靠钓鱼换钱赖以生存，因经常接受"漂母"的周济，屡屡遭到人们的歧视和冷遇。某次，一屠夫对韩信说，你虽然长得又高又大，喜欢带刀佩剑，其实你胆子小得很。有本事的话，你敢用你的佩剑来刺我吗？如果不敢，就从我的裤裆下钻过去。心智开明的韩信，没有逞一时匹夫之勇，图瞬时痛快，而是当着围观的众人，从那个屠夫的裤裆下钻了过去。韩信当时很年轻，在那般令人难堪屈辱的情势之下，倘若他孤注一掷，初生牛犊不怕虎地无视后果，冲冠一怒为雪耻而恣肆无忌，似乎也无可指责，毕竟，那厮欺人太甚。但是，韩信忍了，这才有了他日后助刘邦建立汉朝的盖世功勋。

　　"忍"字头上虽搁着一把刀，但有时候，一时之忍，之后便是海阔天空。

在这点上，为后人敬若神明的关羽，却显得不够聪明。刘备名不正言不顺地"借取"荆州后，孙权为"联刘抗曹"，在关羽镇守荆州时，孙权"遣使为子索关羽女"，关羽不仅辱骂来使，更撂下"吾虎女岂配犬子"这般伤害孙权尊严之毒语。不同意婉拒便可，何苦盛气凌人出口伤人，关羽的自大骄狂，是其日后丢失荆州、丢失头颅的祸根。有两位伟人曾经说过，"关羽是愚蠢的，可悲的""诸葛亮用人是讲手段的，但对关羽就非常迁就甚至不讲原则，助长了关羽的骄傲情绪，故后来铸成大错"。后来，为图一时痛快，躲避陆逊劝谏而取下关羽首级的吕蒙，也终因其惹事祸及江东，而为孙权所杀。

忍一时之气，可免百日之忧。

我曾经的一位同事程君，刚参加工作时，他年轻气盛，因领导的屡屡无端刁难而结怨于胸，某次终于忍无可忍，与领导一番唇枪舌剑地斗争，弄得单位无人不知、无人不晓。程君当然知道胳膊扭不过大腿，但他人在屋檐下偏要扬头抗争，结果被自觉颜面失尽的领导一脚踹至新成立的另一部门。于是，他发誓，下一位领导无论是啥样的货色，他都会忍气吞声，再不能让自己"臭名远扬"了。程君一语成谶，新领导的滥发淫威与无良品性，与前位领导相比，深浅之别竟如河海。原来，曾经的自己涉世太浅、阅人太少。所幸的是，他忍了过来。后来，该领导调离，新任领导是一位豁达大度、乐于助人之士，很快致函上级领导，程君得以升迁晋级。如今，面子里子皆有的程君，提起往事，哈哈一乐而过。

我们家在农村时，唯一没有读书的姐姐出嫁后，母亲成了家里做农活的唯一劳动力。那时，我和弟弟还小，两个哥哥在农忙或者放假时，给母亲打打下手，对常年堆积如山的农活来说，那不过是杯水车薪。更令人难过的是，家里缺少身强体壮的男性劳动力，是会遭人轻视甚至欺负的。某日，我家的猪槽蹭了有着一群健壮劳动力的人家砌猪圈用的土墼，那家的女人追着我母亲跑了好长的路，母亲怕那有名的泼妇会有什么过激的举动，不得已地躲起来，等到她的气渐消些后，母亲做了数量只多不少的土墼还了去，又说了一箩筐的赔礼之语，方才了事。"养着几个儿女只读书不做事，还不是

为了日后享福!"如此这般的风言风语时常传到母亲的耳朵里,母亲只是一笑而过。犁田打耙之类的农活,母亲是免不了要求人帮忙的,除了笑脸及恳请之外,母亲还会把家里能够拿得出来的最好的饭菜茶点招待人家。"哄死人,不偿命。宽待人,苛待己。"母亲时常这样说。多年后,村里人一个又一个地去县城找哥哥办事,母亲总是要求哥哥尽力办好。

"逞强好胜,不在一时,而在长远。"斗大的字不识几个的母亲,却常出惊人之语,深究起来,似有点哲人的意味。

花影流年

包利民

春天有祝福的花

初到这个山区小镇执教时,正是春天,满山的树一片新绿,微风拂过,摇晃出一片明净的蓝天。

这里极其偏远,外面繁华世界的尘屑还没有侵入,我喜欢这里的质朴与自然,虽然贫穷,却没有丑恶滋生。站在三尺讲台之上,面对一双双清澈明亮的眼睛,我总是情不自禁地感动。我喜欢和他们在一起,喜欢给他们讲大山的美好,喜欢听他们讲自己的故事。只一个月的时间,我们就已经非常熟悉了。

野地里长满了丁香树,粉红的花朵开得一片深情,空气中流动着氤氲香气。当地人称之为苦丁香,真不知它苦在哪里。那时我患有神经衰弱,整夜整夜睡不着觉。有一天我回到宿舍,满室的馨香之气,床头放着一大把丁香花,花下有一张纸片,上面写着:"老师,听说在丁香花的香味中人能睡得更好,送给你,好梦!"瞬时一种感动充盈心胸,那一夜,我拥有了来这里后最甜美的一觉。

有一次我的偏头疼发作,住进了医院,头痛得厉害,连下床走路都痛得一阵阵发晕。那些日子,是学生们轮流陪伴我,才使我在病榻之上少了许多寂寞与伤怀。有一天清晨,几名女生来看我,手里捧着丁香花,身上都被露水打湿了。一名女生说:"老师,你看,这些花都是五瓣的!听说五瓣丁香能给人带来幸福好运,我们起了大早去野外找五瓣丁香,被我们找到这么多

呢！老师，希望你以后不再生病，永远幸福！"

那一瞬间，我的泪水涌了出来，眼前的花影蒙眬成一片最美的彩云。

夏天有热情的花

春天的背影还没有走远，满树的丁香花便飘落了，长满了翠绿的叶子。不过大地上各种野花都开了，五彩斑斓争奇斗艳，初夏的田野绚丽多姿。

班上有个叫林娟的女生，生病之后头发大把大把地脱落。一个花季的女孩子，失去一头秀发，该是一种怎样的心情？那些日子，她闷闷不乐，消极的情绪一多半来自她的头发。有一天，几个女生采来许多野花，找到我，说："老师，和我们一起给林娟编个帽子吧！"她们用细细的草叶编成帽子，把那些花点缀其间，戴在头上，不闷不热，美丽芬芳。

那天上课前，我亲手把帽子戴在林娟的头上，顷刻之间，花颜人面交相辉映，清香四溢，我看见她眼中亮亮的有泪光闪动。下午我去上课的时候，发现班上每个女生都戴了一顶和林娟一样的花冠！我知道她们不是为了美丽，而是让林娟感觉不出自己的特别来。

教室成了鲜花的海洋，奔淌着尘世间最美好的情谊。

秋天有傲霜的花

班上最穷的学生是一个叫李蔓的女生，她家极贫困，她父亲在她三岁那年因一场车祸去世。她母亲给镇政府打扫大院，母女二人就靠着那一点微薄的收入相依为命。

李蔓是个坚强而乐观的孩子，她自立能力极强，而且极努力，学习成绩也是班上最好的。她闲暇时便去街上的垃圾箱里捡废纸和饮料瓶，卖些钱贴补家用。她的脸上总是带着盈盈的笑意，从没有半点颓废与自卑。她就这样用一颗自强而乐观的心捂热生活的清贫。没有人嘲笑她，面对她，大家

有的只是敬佩与感动。

那年秋天,李蔓从山上挖回许多野菊花,栽在自己家的院子里。山上的野菊花种类极多,千姿百态,几乎每样李蔓都栽种了。那些花在她家的院子里开得更艳了。一场秋霜过后,那些花如洗过般更加艳丽,就如李蔓在艰难的生活中绽放的笑脸。

真的,李蔓就像那些野菊花,凌霜而开,虽境遇艰难,却能对生活露出最美的笑容。

冬天有洁白的花

冬天的时候,我被调到了小学组。有一次,市里某中学的部分师生要来学校参观,校长让我们小学组做好欢迎准备工作。

那天,天上飘着大大的雪花,一会儿工夫大地上便一片洁白了。中午的时候,参观团的车队来了,全体小学生站在校门外列队欢迎。市里的师生下了车,那些学生衣着鲜明,可以看出生活条件都很优越,相比之下,我们的学生穿得就土极了。

当参观团即将走进校门时发生了一件事。走在最后的一个市里的学生看着我们的学生大声地笑着,充满了嘲弄的意味。忽然这个学生从口袋里掏出一大把一元的硬币,用力抛向我们。那些硬币落入雪地里,连痕迹都找不到。

我们的小学生纷纷俯下身,把手伸进雪里找那些硬币,那个市里来的学生一边笑一边冲同伴们大声讲着,他们全停下来看着,脸上带着鄙夷的神情。一会儿工夫,我们的学生就把那些硬币全找了出来,然后由一个女生捧着送到那个市里来的学生的手中,说:"你掉的钱都找到了,还给你!"

那个市里来的学生立刻红了脸,参观团静了几秒钟,忽然都鼓起掌来。雪花继续飘落,覆盖了刚才的一切痕迹。

这就是我们山里的学生啊,他们虽然贫穷,却有着雪花一般圣洁的心!

感谢生活

纪广洋

在吉林通化，我遇到一个山东老乡，他目前是通化一家私营企业的老板，个人资产逾亿元。

坐着他的奔驰过浑江大桥时，他忽然对我说："生活就像这江水一样，急流、漩涡、泥沙俱下，既能灌溉良田，又曾洪水泛滥……"我问他为何有这番感慨，他呵呵一笑，欲言又止。

直到游览了玉皇山，在附近的一家酒店推杯换盏时，他才接上过江时的话茬，颇有感触地说："真得感谢生活，是生活给了我硬朗的体魄和事业的发达。"接着，他向我讲述了生活中令他终身受益、终生难忘的三段经历。

在他刚刚三岁的时候，他的父亲因一场交通事故撒手人寰。他、母亲和一个大他两岁的姐姐相依为命。在他的记忆里，家中的不幸不仅没有得到邻居们的同情，还常常因为家庭的势单力薄而遭人欺凌。母亲受的委屈他不十分清楚，但他和姐姐受的凌辱却历历在目。邻居家有两个和他姐姐差不多大的男孩，欺侮他姐弟俩如同家常便饭。在他们的淫威下，他吃过鸡粪、钻过裤裆……直到他上小学五年级的时候，那两个家伙还常常无事生非，对他说打就打、说骂就骂。有一次，那两个家伙在放学的路上平白无故地拦住了他和姐姐的去路，三句话没说完，就分别将他姐弟二人按倒在地，污言秽语、拳脚相加。就在这时，他母亲正好下班路过，被眼前的场景惊呆了。接着，她操起棍棒疯也似的把那两个坏孩子打跑了。当他流着鼻血从地上爬起的时候，他母亲的泪水像断了线的珍珠，簌簌滴落在他的身上脸上……他和姐姐受了这么多年的欺侮，从没像那天那样——母亲委屈的泪水和沉闷的哭声像一声炸雷，令他

潜伏已久的男儿气概终于惊蛰了。从此,他刻苦习武、拼命打拳,立志捍卫自己的尊严和母亲姐姐的安危。上初二的时候,他和姐姐双双跑回家,他满脸惊恐地对母亲说:"儿子惹祸了,把那两个家伙打得都不能动了。"母亲先是一惊,接着镇静下来,眼含着泪说:"没事,孩子,咱砸锅卖铁给他们疗伤……"后来,他练就了一身好武艺,出落得身强体壮、气宇非凡,为他的事业和追求奠定了另一种传奇色彩的底蕴。他说,他非常感念那两个曾经给过他"帮助"的哥们。

他上到高二时,因家境拮据而辍学,之后进了一家私营饭店,一边打工一边学习厨艺。可是,店里的老板娘性情诡异,不仅想方设法地阻止他学习厨艺、克扣他的工钱,还常常指令他充当"走狗",去参加斗殴,替她卖命。后来,他实在忍受不了老板娘的刁钻、刻薄和暴戾,毅然放弃了那个差事,到另一家私营企业打工,才有机会结识了他的领路人,也就是他的老岳父。

说起他的老岳父,他有些激动,那是一个德才兼备的私营业主。在他刚到那个私营企业打工时,当时的老板(那时还不是他的岳父)开口就问他:"你认为你适合干什么?"当他说适合烧饭或做保镖时,老板哈哈地笑了一阵,拍着他的肩膀说:"我这里不缺烧饭的,也用不着保镖,缺有理想有才干的企业精英!你如果想有出息,就先去学习吧,一切费用由我出。"后来,他一边做着门卫,一边参加业余的自修班。两年过后,他不仅拿到了企业管理的相关文凭,还学习了计算机和英语,一跃成为该企业的骨干人才,接着晋升经理、副总经理、总经理。在短短的三五年时间里,把原本的地方小企业做成了国际性的大企业,在韩国、俄罗斯开设了分部,产品远销十几个国家和地区。原来的老板提前"退休",并成了他的岳父。

就在我附和着赞美他的老岳父时,他却说:"其实,更应该感谢的是那个逼我走人的老板娘,要不是她,我就不会有今天——试想,如果她是另一个人,另一个让我留恋的主儿,我在那个饭店里还不知要干上多久……"他看我若有所思不再说话,就又说:"现实生活是个大课堂,课程越艰涩、越丰富,越能'培养'出优秀的'学生'来。"

仔细想想,其实,生活对于我们每个人来说,就是这样。

英雄背影

孙道荣

浙商博物馆里收藏了很多"宝贝"，这些藏品，大多是从浙商中征集而来的。每件藏品的背后，都有一段刻骨铭心的故事，见证了一个个成功浙商艰辛的，也是波澜壮阔的创业史。

这是一辆普通、破旧的三轮车，曾经有个人骑着它，沿街叫卖、送货，谁能想到，20多年后，这个人以八百亿元的身家，成为中国富豪榜的第一名，从一瓶水建立起了一个价值数百亿元的商业帝国，他就是宗庆后。

这是一本写得歪歪扭扭，仿佛天书一样的电话簿，号码前画着一只羊，代表这是一个姓杨的电话，如果羊边上还有一根辫子，那就是女的姓杨的电话。这本电话簿的主人，一个字也不识，所以他只能这样靠原始的符号来记录号码。有一次，他参加一个多部门领导参加的会议，他就用铁塔、飞机、汽车等图案分别代表管电力、招商、交通的领导。他叫潘阿祥，白手起家，打造了一个资产20多亿元的现代化企业集团。

有这样一张发黄的老照片，一个人骑着一辆自行车，后面载着一大桶液体肥皂。这是51岁的徐传化用自行车载着在家里用手工调制好的液体肥皂，出门叫卖的照片。1986年，徐传化父子创办了生产液体肥皂的家庭作坊，靠一口大缸和一只铁锅开始创业，短短26年，这家企业的营业收入已突破200亿元。这口大缸，现在就陈列在博物馆的显眼位置。

锈迹斑斑的人力运货三轮车，相貌笨拙的农家粗瓷大土缸，老掉牙的补鞋机，快要散架的货郎架，黑不溜秋的爆米花机……这些破旧不堪的物品，其当初的使用者，如今都创造了辉煌的成就，因为见证了一段历史，这些物

品成为博物馆珍贵的藏品，它们的身上，似乎也有了某种光环。

但是，在浙商博物馆内，也收藏了这样一些物品，它们的"主人"最终没能成功，而是失败了。它们讲述的，是一个个失败者的故事。

在博物馆的一个展区正中，陈列着一辆红色的玻璃钢轿车外壳，别看样子有点古怪，它可是中国最早的电动轿车的雏形。它的主人是来自温州苍南的叶文贵，有着"温州第一能人"的美誉，在20世纪80年代，当"万元户"成为财富的代名词时，他已坐拥了千万元资产。这个了不起的商人，想做一件在很多人看来是异想天开的事情：制造既环保又节能的电动轿车。这是他早年的梦想。他以为，今天的自己，已经具备了这个实力来实现这个梦想。1989年秋，叶文贵发明的第一台玻璃钢车身四轮四座的电动车试车，获得了空前成功，充了一夜电之后竟然可以跑200多公里。第二年，他发明的混合动力车又成功上路。这是中国第一辆混合动力车，也是全球充电后跑得最远的混合动力车。他将这些年所赚的1000多万元，全部投进电动车的发明创造中去了，他的电动汽车梦想，似乎近在眼前，可惜，由于未能实现商品化，最终，在耗尽了所有的资产之后，他的电动车项目不得不中止。他失败了，这个当年的温州首富，转眼之间，一无所有。只剩下了那辆红色的汽车外壳，以及未竟的梦想，这是一个失败者的悲情故事。

在这个展区，有一把剪刀和一根皮尺，它们的故事，也让人唏嘘不已。这把裁缝剪刀和皮尺，是当年的海盐衬衫总厂使用过的。很多人可能不了解海盐衬衫总厂，但是，它的当家的名字，你听来一定如雷贯耳，他就是曾经叱咤商海的步鑫生，他把一家只有300多人的小厂，打造成了全国最大的衬衫厂，成为全省和全国的典型。他因为创造了"步鑫生神话"而轰动全国，成为最成功的改革家。"谁砸我的牌子，我就砸谁的饭碗"，步鑫生的这句豪言，一度风靡全国。包括这句名言在内的他的厂长哲学，对于无数白手起步的民营企业家来说，算得上是一堂最生动的启蒙课，让很多人第一次接受了市场商业文化的洗礼。但是，就是这样一个改革家，因为一系列的决策失误，导致海盐衬衫总厂资不抵债，一颗耀眼的明星，就这样转瞬即逝。被免

职的步鑫生，不得不离开了工厂，离开了家乡。他失败了，黯然退场。虽然他又接手或创办了其他企业，却再也没能重振辉煌。

还是在这个展区，展示着一张福布斯中国内地富豪榜的榜单，上面有浙商陈金义的名字。在富豪榜的旁边，是陈金义的大事年表。把这样两件物品放在一起展示，可谓意味深长。陈金义开创了全国首例"私"吃"公"的"陈金义现象"，他创造了亿万元身家，可是，因为轰动全国的欠债门事件，他又瞬间从"富翁"变成"负翁"，他失踪了，至今不知所终。无疑，他最终也成了失败者。

这是浙商博物馆内，一个最特殊的展区，展示的不是成功，不是辉煌，也不是掌声，而是三个失败者的背影。这个展区的名字很震撼：英雄背影。没错，他们是失败者，但他们也是英雄。当一个社会能不以成败论英雄的时候，那才是一个真正英雄辈出的时代。

我在这些英雄的背影前，驻足了很久，耳旁有无数足音在回响，那正是时代前进的脚步声。

我是你掌心的那朵雪

晓 晓

竹枝静,雪花闹,书卷在手觉春晓。一声清脆的啼哭比雪提前而来,你笑了,属于你的那一朵雪,降临人间了。

我,就这样来到你的生命里,你为我取的名字就叫雪。因为哥哥是冰,你说,我是独属于你的雪。

小时候的我,享尽了你的宠爱。你是我的马,哪里热闹去哪里,见人就骄傲地说:这是我女儿,漂亮吧? 你是我的伴,陪我玩过家家,讲故事,教我认字学画画。你说得最多的一句就是:我女儿就是聪明。你是我的床,玩着玩着,在你的怀里,或是你的肩上和背上,就进入甜美的梦乡。一觉醒来,你还是那样的姿势,生怕惊扰了我的梦。

你从学校回来,会轻轻走到假装睡着的我身边,把去了核的花生或者是枣轻轻地往我嘴里塞。我眼睛闭着,一副生气的样,可嘴却张着,享受着美味。你是老师,学校里有很多你教的学生,可我是你的老师,经常有模有样地给你上课。你比那些学生还认真地听,不但听,还要罚站,还需要挨打。无论怎么样,你都是面带笑容。

从小学一年级开始,我的同桌一直是同一个男生,他是校长的儿子。他的爸爸妈妈特别喜欢我,总让我到他家去玩,拿最好吃的东西给我吃,最好玩的东西给我玩,要他好好保护我。待到长大了些,我才知道,同学们私下里的说法是真的,我们是娃娃亲,是你和校长给订下的。

我刻意地和他保持距离,躲着他。我不理你,不听你的话了,不再是你的乖女儿。初中毕业,我直接考取了幼师,我要远远地离开他。他紧跟着我

也上了师范，我像面对陌生人一样，只给他背影和沉默。

毕业后，校长来提亲了，我躲在房里，听见你和他激烈地争辩。他是校长，在学校里，你对他从来都是言听计从。这让我很惊讶，你敢和校长争辩。奇怪的是，你从不劝我，连一句话都不提，好像没有那回事一样。校长一次次地来，你和他一次次地争辩，我决定离开家了，必须离开。

那是一个初冬的上午，雪花刚开始零零散散地落，你匆匆进了家。你的喘息还没平稳，就解开衣扣，从内衣口袋里掏出一百块钱塞到我的手里。一百块钱是你一个月工资的一半，是全家一个月的生活费，你的手是凉的，钱是暖的。跟钱裹在一起的，是一张写有电话号码的纸条，是家在省城的一个亲戚。我不解，我丝毫也没有表现出要离去，你怎么就知道我要走？钱和纸条塞到了我的手里，你的目光很沉重地扫视了我一遍，一个转身，你又出门了，再次走进漫天飞舞的雪花中。

那一个冬季，我没打过电话回家，也没写过信。那一个新年，我是在外面度过的。我凭借自己的努力，慢慢站稳了脚跟。我会想你，想和你在一起的每一个画面，可我控制着自己不想。我要独立，靠自己的力量独立。当我得知，因为我的缘故，你被调到了一个偏僻的山乡小学，常年辛苦地来回奔波时，我的泪水再也止不住了。我打电话给你，听到你声音的那一刻，我就开始哭了，整个通话与哭相伴。我每周打一个电话给你，每次都是伴着哭，电话亭的阿姨不让我打了，说她陪着天天流泪，她受不了了。

哥哥说你病了，县医院没查出来，需要来省城检查。当我远远看到你的那一刻，那仿佛不是你了，你怎么瘦成那样呢。那一瞬间，我有一个感觉，你将不久于人世。妈不信，哥哥也不信，说病还没查出来，骂我瞎说。我不反驳，只是紧紧地抱着你的胳膊，一言不发地陪着走完整个检查过程。

拿到肝癌晚期的检查结果，我没有了泪水，只是一次次晕倒。我不哭，你对我说过，女儿家也要坚强，哭是弱者的表现。2009年5月19日，那是个黑色的日子。轻轻一声唤，你睁开了多日没有睁开的眼睛。你的嘴在张，努力地张；你的手在动，挣扎着动；我看见你眼睛深处的光芒了，是从你的内心

深处发出的光芒。我知道你想说什么,我知道。只有我能知道。

这次你是真的离开我了,是躺在我的怀里带着微笑离开的。

那年夏天,是葡萄糖水维持着我的生命,体重下降到了70斤。你经常来到我的梦里,告诉我要站起来,坚强地站起来。梦醒了,满是泪,原来,你一直没有走远。我努力地振作起来,用工作来冲淡对你的思念,一次次跌倒,一次次爬起来。每当遇到挫折,看着照片中你温和的笑容,我就会微笑着面对生活。我要让你看到我真正的笑容。

27岁,我有了自己的小店。28岁,我步入了婚姻的殿堂。认识100天后就结为百年之好,为了妈妈,为了天堂的你,为了结婚而结婚,我要你看到我已经幸福!

当我躺到产床上的时候,你已经逝去多年有余。我属于高危产妇,胆酸高出正常人的1000多倍,住院21天每天都有专家来会诊。我一次次昏睡过去,又一次次醒来。我没有告诉身边的任何一个人,包括妈妈都不知道我住院。我听见医生说,小的保不住,大的也难保。我害怕了,躲在被窝里偷偷地哭。我还要替你照顾妈妈呢,我不能死。在梦里,又看见你的笑了,你对我说:乖女儿,要坚强,要挺住啊!我咬紧牙关,我要活,好好地活。1月20日,一个飘雪的凌晨,生命的奇迹出现了,母子平安!那一刻我们都笑了!

我是你掌心的那朵雪,永远不化的雪,圣洁美丽的雪。我要盛开,我要让你看到我的灿烂和美丽。哪怕你已经在九泉之下,我相信,你能看见,一定能。

每次回家,我都要先经过你的坟墓,看看你,只是看看。我知道,你也在看我,看你掌心的那朵雪变了没有,坚强了没有,美丽了没有。我是雪呀,美丽的雪,是你掌心的那朵雪,我怎么能不坚强和美丽?你知道吗?我真的长大了,懂事了。

你就放心吧,好吗?我亲爱的爸爸!

流连于一种过程而非结果

包利民

一

很多事，我们等不到结果。或者，走到后来竟然忘了结果。

在我很小的时候，叔叔和村里的一个人有深仇大恨，后来那个人因病去世，也没能消减叔叔心中的恨意。那个人的子女都在遥远的外地，知道父亲和叔叔的恩怨，出殡时都没有大张旗鼓，没惊动任何人，就悄悄地埋在了大草甸的某处，怕叔叔去掘坟。而叔叔后来真的去掘坟了，只是不知道茫茫大草甸上，那个人究竟埋在何处。

叔叔很有毅力，每天扛着铁锹，在大草甸上的每一个可疑之处挖掘。那个夏天，他在大草甸上挖了多少坑，已经数不清。后来，家里人怕叔叔日日如此，会出精神问题，便在晚上偷偷去甸子上往那些坑里栽树或者撒上花种，然后把土填好。两个月过去，叔叔发现，身后挖过的土地上，不知何时出现了青翠的小树林，还有许多大片大片开着的花朵。再后来，叔叔竟然也是边挖坑，边栽树和种花，心情似乎也平静了许多。

到了第二年的时候，依然如此。不过家里人也不再担心他了，听人说，那个人根本没葬在甸子上，甸子里一座坟也没有的。而且，叔叔也不像去年那般红着眼睛出去，现在，他带着许多工具，挖地的同时，也顺便开荒种田，树、花什么的也不耽误。那片甸子上，已经有了很大的改变，有树林，有花海，有农田，还有叔叔的身影。

几年之后,当有人问在农田里劳作着的叔叔,当初怎么想到开荒种田栽树的,叔叔的眼神竟然很迷茫。他似乎忘了初衷,只是憨厚地一笑,却没有说出什么。

忘了想要一种什么样的结果,却被过程的美丽而改变着最初的心绪,我们也常常会遇见这样的事,便觉得,结果,并不一定是当初想象的,甚至,根本不需要什么结果,有了这样一个过程,就很好。

二

有个人一直想找一个梦想中的归宿,那里花香弥漫,鸟语如歌。他可以坐在小木屋前欣赏落日,或者在林中静静散步。终于有一天,他踏上了寻梦的路途。不知走了多久,不知走了多远,他终于倦了,便在路旁搭了一个小房子停留下来。每日里栽花种树,虽然过得悠闲,却依然有遗憾,他没能走到路的尽头,没能在如梦的归宿中徜徉。

直到有一天,一个风尘仆仆的旅人经过并留宿。他便向旅人讲了自己的遗憾,旅人想了想,却说:"你现在住的地方,和你描述的梦想中的那个地方没什么两样啊? 你现在的生活,也是你想象中的生活呀! 你还有什么遗憾的呢?"

他吃了一惊,仿佛从梦中醒来,仔细看着生活了许久的地方,竟然真的是梦想中的样子。他从此放下了心中的遗憾,每日里花香鸟语相伴,静林晚霞,无比幸福满足。

看来,有时候,过程比结果更为重要,或者说过程本身就是一种结果。而我们却常常不自知,其实只要一低头一回首,就看到了归宿的美好。

三

结果有时候并不能说明什么,至少它不能完全取代整个过程的付出。

以前在老家的时候,有个脾气很怪的邻居老人。比如,他听说某人故去,并不去看那人怎么死的,就算是和歹徒搏斗牺牲的,他也会说:"人这一辈子,不能因为一个死因而定性,死得固然英烈,那只能说明他那一刻的境界,虽然也有着生命过程的沉淀,但是要综合地评价一个人的一生,还是要看他一辈子的历程,那才是最重要的!"

老人的话虽然有些偏激,可是细思起来,却也有理。人的一生,是一个那么漫长的过程,其中经历了多少境遇的转换,多少心境的变迁,才走到最后的平和。其中所蕴含的,实在是太多,也许,那才是一个人真正的价值所在。

四

也许,明白了享受过程,漫漫长路就不再是苦旅,可以是随处安放心灵的美丽家园。

如果没有了过程,结果会很突兀,会缺失许多的生机。

过程是一个生长的过程,也是一个成熟的过程,更是一个让人流连的过程。

若是生而为果,会少了多少岁月的味道;若是生而成功,会少了多少跋涉的意境。

过程是一个成长着的根干,即使无法结出果实,也是生机盎然;过程更是游走着的风景,每一次投入,都有情怀无限。

珍惜过程,并不是看轻了结果,结果一直在心底。过程的美丽绽放,是另一种意义上的结果。

永远珍惜你的鄙视

张颖异

6年前,他曾经被试用于南方某家报社记者部。此前,他在河北老家的日报社做过多年的记者,为了发展,他来到了南方。想想自己30多岁了,还在职场上过"试用期",他的压力非常大:如果试用期通不过,那就太丢人了……

每个周末,他都会主动去报社加班,经常加班的还有一人:是刚从大学毕业的女硕士,她也处于报社"试用期"。报社有两部热线电话,周末的时候,他和女硕士各守一部。他们既是想获得热线电话的新闻线索,也是想给社长留下好印象,因为社长就在报社附近的一个小区居住,随时都有可能到单位处理事情,如果能看到自己在周末加班,那社长给打的印象分肯定高。

他的妻子比他早一年来到南方,在一家外企上班,收入高、福利好,他觉得妻子的高收入对他根本就不是好事情,只能增加他的心理压力,加大他的自卑感。有时候,当妻子下班到家后兴高采烈地汇报自己又加薪的"好消息"时,他一点也高兴不起来,只是本能地在内心默默地计算着现在和妻子在收入上的差距又拉大了几倍,然后在心中反复品味着生活的苦涩和艰辛。

虽然他身处逆境,妻子对他依然非常关爱,妻子的关爱更增加了他的压力:如果试用期失败,怎么面对妻子的深情?

周末加班的时候,他心事重重的,除了热线电话外,其他的电话,一概没有心思去接。某个周末,记者部主任桌子上的电话响了,那个女硕士过去接了,居然是社长,社长询问记者部主任在不在报社?因为打他的手机关机,有急事找他。她回答说主任没有到,如果到了一定转告……挂了电话,她向

他解释说："是社长"。他一下子懊悔起来：自己怎么就没有接这个电话呢？接了电话，社长就会知道他在加班，这样的敬业"印象分"多多少少会对通过"试用期"有点帮助吧？

正在懊恼之余，主任桌子上的电话铃又响了，女硕士站起来又准备接，这个时候，他已经条件反射地冲了过去，拿起了话筒。

尽管他很勤奋，尽管他也做出了好成绩，但是，报社老总就是看他不顺眼，既然老总看他不顺眼，那他的"试用期"只能玩完！

费了番周折，他终于在一家行业报纸做了副刊编辑，每个星期出两版副刊，信箱里来稿自然非常充足，从里面调几篇就够一个版面的。工作轻松，月工资五六千元，他比较满意。

因为工作不忙，那天，他在网上闲逛看博客，逛着逛着，顺着博客链接，竟然找到了那个女硕士的博客，那个女硕士后来顺利通过了那家报社的试用期。

在女硕士的博客中，他居然看到了对那次接电话的精彩描述："与我一起试用的是一个30多岁的男人，看模样，应该和我们社长的年龄差不多吧，我对他很鄙视，因为在'试用期'的一个周末，社长打来电话，'试用期男人'平时只接新闻热线，不接其他电话的，当听我说是社长来电，从表情中能看出他很懊悔没有接那个电话。当电话再次响起的时候，他边说：'我来我来'，边冲到了电话前，一只手拿着话筒，一只手向我打着手势，示意已经站起来的我重新坐下，'试用期男人'在电话里低声下气地和社长说话，口中一个劲地说'好好好，社长，您放心，主任如果来，我一定让他及时给您回电……'他边说话边点头哈腰的，后来脑袋简直就要磕着桌面了。挂了电话，'试用期男人'兴奋地说，是社长的电话……"看到这入木三分的细致描述，他一下子呆住了，过了会儿，他缓过劲，开始反省对方为什么这么写？自己做了对不起她的事情了吗？社长打来两次电话，他是第二次才接的，也没有盖过她的风头啊；周末加班的时候，自己还自掏腰包给她买过饺子带到办公室呢；老家人来探亲带的松子，他还给女硕士带过两包呢；平时说话的时

候,对她很尊重很客气……想来想去,那只剩一条原因:她写这个博客片段,就是出于对一个无能男人的本能鄙视!这种鄙视是来自她骨子里的……

那天下班后,他很晚才回家,因为他躲在单位洗手间里流了很多的眼泪,泪水顺着脸颊从嘴边流过,很咸很苦涩……

第二天,在他的再三请求下,领导同意他辞去舒服的副刊编辑工作而去了广告部,他就为多挣钱,他不是个怕吃苦的人,他相信自己能干好。

他工作很拼命,很快成了报社著名的"三泡"员工:拉广告时,嘴磨破了泡;扫楼发展客户的时候,脚磨破了泡;在酒桌上和客户谈广告事宜,为了让客户喝得高兴,他经常喝过多的酒,让自己的胃长时间地在酒中泡!

凭着吃苦加拼命的"三泡",一年后,他成为报社的"首席广告员",挣的广告提成就高达三十多万元,第二年,更是高达五十多万元。

第二年的年底,他从报社辞职了,因为自己有着诸多的固定客户,他自己成立了一个广告公司。

又过了三年,他的广告公司已经从当初的四个员工,发展到有一百多名员工的中型广告公司。

很多时候,坐在办公室,他就会像牛反刍那样默默地反复咀嚼着女硕士的鄙视,他内心非常感激她,他深刻体会到她的鄙视对于他的人生来说,非常有"营养":让他在逆境的时候不泄气,因为泄气的后面会有更多的鄙视;让他在顺境的时候脑子不发热,因为可以提醒他珍惜目前来之不易的成功!不管什么时候,他都会珍惜那个女硕士的鄙视,那可以让他受益一生……

父亲的爱里有片海

陈振林

我从海边回到"金海岸"小屋的时候，已是下午5点多钟。我是最后一拨从海边回来的人，其实昨天我就可以回来的，要不是为了多拍几张"海韵"图片，回去让我的那些还没见过海的学生们长长眼，我才不会在这海边多待一会儿呢。从前天开始，广播、电视、报纸等各大媒体就发布消息，大后天将会有台风登陆。昨天就有大半游玩的人返回了市区，今天只剩下小半游人，而且剩下的所有游人都手忙脚乱地在"金海岸"小屋收拾着行李，准备马上离开。

"金海岸"小屋是个前后左右上下六面都用厚铁皮包成的小屋子，只在朝海的那面开了个小门。这也许是经历风暴者对小屋的最佳设计吧。小屋里有简单的生活设施，可供人们将就着用。这小屋挺有特色，前天我还专门为它拍了几张特写照片呢。这小屋离海边最近，到海边游玩的人们常在这儿歇会儿脚。说它最近，其实走到海边也是需要一个多小时的。

天，总是阴沉着脸，像随时要发怒似的。要不是"金海岸"的小老板响着一台收音机，这"金海岸"早就没有了一丝活力。要是在旅游旺季，"金海岸"屋里屋外人山人海，与繁华的市区相比也毫不逊色。

"这铁板做成的金海岸也不是金海岸了，大家快收拾东西到市中心，躲进厚实的宾馆里去吧。"那小老板不停地大声叫着。

人们各顾各地收拾着东西，少有人说话。我的东西很少，早已收拾妥当。忽然，我看见两个人，看样子像是父子，父亲有四十岁的样子，儿子不过十来岁。父子俩一动不动，孩子无力地倚在大人身边。父亲提着个纸袋子，

好像只有一条毛巾和一个瓶子。可是，他们一点也不惊慌，仿佛明天就要到来的台风与他们毫无关系。

"父子俩吧。"我走过去，搭了腔，那父亲模样的人点了点头，算是回答。

"收拾收拾，我们一起走吧。"我是耐不住寂寞的一个人，又说。

父子俩没有作声，父亲对我笑了笑，却没有回答。我想是他们对我还有一种戒备心理吧。

"您说，明天真的有台风？"过了一会儿，倒是那位父亲盯着我问。我重重地点了点头。他的脸上爬上了失望的神色。

还有一个多小时公共汽车才来接我们回市区，人们都拿出早就准备好的食物来对付早已咕咕叫的肚子。我也拿出了我的食物，一只整鸡，一袋饼干，两罐啤酒。

"一起吃吧。"我对他们两人说。

"不了。吃过了。"那父亲说，说着扬了扬他那纸袋子里的瓶子。是一瓶榨菜，吃得还有一小半。

我开始吃鸡腿，那父亲转过头去看远处的人们，儿子的喉结却开始不停地蠕动，吞着唾沫。我这才仔细地看这孩子，瘦，瘦得皮包骨头，偎在父亲身旁，远看倒像是只猴子。我知道孩子肯定是饿了，撕了一只鸡腿，递给了孩子。父亲忙转过脸来对我说了声谢谢，我又递过一只鸡翅给那父亲，父亲这才不好意思地接在手里。等到儿子吃完了鸡腿，父亲又将鸡翅递给儿子。儿子没有说话，接过鸡翅往父亲嘴里送。父亲舔了下，算是吃了一口，儿子这才放心地去吃。

我忙又递给孩子父亲几块饼干，说："吃吧，不吃身体会垮掉的。"父亲这才把饼干放进嘴里，满怀感激地看着我，开口了，又问："您说，明天真的会有台风？"

"是呀，前天开始广播、电视和报纸就在说，你不知道？"我说。父亲不再作声，脸上失望的阴云更浓了。

"你不想返回去了？"我问。

父亲长长地叹了一口气，说："还怎么能回去呀？"他的眼角，有几颗眼泪溢出。

"怎么了？"

"孩子最喜欢海，孩子要看海呀。"他拭去了眼角的泪。生怕我看见似的。

"这有什么问题，以后还可以来的。"我安慰说。

"您不知道，"父亲对我说，"这孩子今年16岁了，看上去只有10岁吧，他就是10岁那年检查出来得了白血病的。6年了，前两年我和他妈妈还四处借钱为他化疗，维持孩子的生命。可是，一个乡下人，又有多大的来路呢，该借的地方都借了，再也借不到钱了，只能让孩子就这样拖着。前年，他妈妈说出去打工挣钱为他治疗，可到现在倒没有了下落。孩子就这样跟着我，我和他都知道，我们在一起的时日不会很长了。孩子就对我说，爸，我想去看看大海。父子的心是相连的。我感觉，孩子也就在这两天离开我，我卖掉了家里的最后一点东西，凑了点路费，坐火车来到这座城市，又到了这海边小屋子，眼看就能看到海，满足孩子的心愿了，可是，可是……"父亲哭了起来，低沉的声音。

"不管怎么样，还是先返回去再说吧。"我劝道。

"不，我一定要让孩子看到海。"父亲坚定地说。

接游客的汽车来了，游人们争着上了汽车。我忙着去拉父子俩。父亲口里连声说着"谢谢"，却紧紧搂着儿子，一动不动。但是我不得不走。我递给那父亲300元钱后，在汽车开动的刹那我也上了汽车。因为我想也许还有一班车，他们还能坐那班车返回。到了市区，我问起司机，司机说这就是最后一班车了。我后悔起来，真该强迫父子俩上车返回的。但又想起父亲脸上的神情，我想那也是徒劳。给了300元钱，我似乎心安理得了些，但那300元钱对于他们又有什么用呢？

当晚，我在宾馆的房间里坐卧不安，看着电视，我唯有祈祷：明天的风暴迟些来吧。

然而，水火总是无情的。第二天，风暴如期而至，听着房间外呼啸的风声，夹杂着树木的倒地声。我心里冷得厉害，总是惦着那父子俩。

台风过后，我要回到我的小城去上班了。回城之前，我查询到了"金海岸"小屋的电话号码，我想知道那父子俩到底怎么样了。从早上一直打到下午，电话才接通。"金海岸"的小老板还记得我。我问起那父子，小老板说："我也是刚回到小屋，那父亲我前一会儿还看见了的。"听到这我的心放松了些。他又说："听那父亲说，风暴来的当天，父子俩还是去了海边，幸好及时返回了我的金海岸小屋。我的天啊，这次的海水要是再暴涨一点，淹没我的小屋，那他还有命吗？就在台风来的时候，那瘦瘦的孩子永远地闭上了眼睛，躺在父亲的怀里，脸上漾着幸福的笑容……"

我拿着电话，怔怔地站着。窗外，云淡天高，暴风雨洗礼之后的天空竟是如此美丽！

第二辑

心灵的绿谷

　　几年前，我是一枚小小的蝌蚪，曳尾于这里。这几年是一条河流，我丢掉了尾巴，流走的只是时间。每一块石头都在原来的地方，我栽的小树还在，校园东北角那个树墩还在，它被书声打磨得光滑平整，那种形状叫作圆满。

云要跳舞，我要歌唱

母亲住在一朵云里

石 兵

一

少年时,母亲带他去一个山坡上看云。那是个清晨,清澈的阳光倾泻在草尖的露珠上,每一滴露珠都闪亮着,接纳着这个世界的缓慢与悠远。

他随母亲来到一处平坦的草地,母亲指着天边不断幻化的白云,对他说,这些云会满足你的愿望,会变成你昨天想要的那些玩具,只是,你要仔细捕捉它们的痕迹,因为,它只能为一个孩子存在很短的时间,全天下孩子的愿望它都要一一实现呢,你一定要用心,才能找到那朵属于你的云。

母亲说完后,用手轻轻拂过他的头发,母亲的手柔软得像天上的云,带着一点皂角的味道,每当忆起,总让他有一丝不真实的感觉。

那一天,他真的从一朵云里找到了自己想要的玩具,那是一只毛绒绒的小狗,他清晰地看到了小狗洁白的小蹄子和耸动的小鼻子,他兴奋地要把这个发现告诉母亲,却发现,不知何时,母亲已经俯身在不远处的稻田里,她正在侍弄那些幼小的禾苗,母亲的腰身深深弯了下去,阳光洒下来,稻田中水光荡漾,禾苗上无数露珠随着母亲在泥泞中的移动滚滚而落,露珠中倒映的世界在瞬间破碎,溶入泛着黄色泥浆的水洼中。

他幼小的心突然一颤,一个月前,在稻田中劳作的还是健壮黝黑的父亲,可如今,父亲只能躺在家中宽大的土炕上。那些可怕的血吸虫,潜伏在稻田深处,竟循着父亲的双腿进入他的心脏,让如山岳一般高大的父亲垮了

下去。

想起父亲，他的目光顿时黯淡下来，不敢再看母亲，可是，当他再次寻找天空中那只洁白的小狗时，却发现它早已不知所踪了。

那是母亲第一次带他看云，那一年，他五岁。

二

母亲总是忙碌不停，她将大把的时间放在了稻田里，她还会偶尔失踪，然后一脸苍白地出现。他则已习惯了沉默，总是一个人来到这片山坡，看天上白云变幻，找寻那片为他幻化出心中愿望的云。

他十五岁那年，父亲终于撒手而去，卧床十年，父亲四肢萎缩、面黄肌瘦，十五岁的他抱着父亲，像抱着一把稻草，可是，当他把这把稻草交给母亲时，母亲却在瞬间被压垮了。他这才发现，曾经高大的母亲已经矮了他一头，她俯在床边，仔细擦洗着父亲的身体，仿佛父亲从未离去，恍惚中，母亲变得朦胧起来，像天上的一朵云般遥不可及，她在迅速变幻着，十年来的变化在这一刻重新浮现，当一切尘埃落定，他终于确信，曾经高大、温柔、坚强的母亲已变得矮小、苍老、脆弱不堪了。

十年了，时光也像天上的云朵般无常，他渐渐长大了，母亲却在迅速枯萎。

处理完父亲的后事，他一个人悄悄来到那片看云的山坡。那时天还没有亮，草地上湿漉漉的，天上的云还在沉睡，他小心翼翼地脱下鞋袜，生平第一次走入了那个带走了父亲、圈牢了母亲、养活了自己的稻田。

踏入稻田的一瞬间，一股冰凉的寒意顺着他的小腿冲入脑际，滑腻的黄泥让他脚下一滑，摔倒在一片泥泞之中，他奋力扑腾着，双脚却在无处不在的黄泥中无法控制，他竟无法在这片只能没过小腿的稻田中站起身来，一瞬间，他明白了为什么母亲自从踏入这片稻田，挺拔的腰身便日渐佝偻，光洁的肌肤变得黯淡无光，温暖如云的双手也变得如此坚硬干枯。

终于从稻田中挣扎而出,他趴在草地上痛哭了许久,直到寻他而来的母亲将他揽入怀中,他才擦去眼泪,不顾浑身的泥泞,毫不犹豫地再一次走入了那片稻田。

这一次,他没有再惊慌失措,因为他看到,就是在刚才,一直镇定坚强的母亲变得惊慌失措,她抱着他不知道该如何安慰这个已高她一头的儿子。他仰卧在母亲怀中,透过母亲惊慌的脸庞,看到天空中一朵朵云在朝阳的映照下放射出灿烂的霞光,那光瞬间便涤荡了整个世界无边的黑暗。他终于明白,原来,那柔弱的白云也有如此坚强的一面。

从此,在忙碌的学习之余,他便会走入那片稻田,忙碌间隙,他还是会抬头,看天上的云。

看云,渐渐成了他生命中不可或缺的部分,伴随着他的成长。在云中,他看到了无常的人世,他常常想,那些云多像这个世上的事啊,变幻无常,无法把握;那些云多像这个世上的人啊,随风飘荡,居无定所。

三

母亲仍然是稻田中最忙碌的人,随着他升入高中,从小山沟走入县城,那片稻田已经离他越来越远了,他只能利用周末的时间拼命地在稻田中劳作两天。

这时,他有了一个惊人的发现,原来,县城天空的云竟然与小山坡上的云是不一样的,在县城看云时,他发现白云匆促了许多,它们似乎都在向某一个地方飘移,而小山坡上的云几乎是静止不动的,县城的云零散无序,小山坡上空的云错落有致。由此,他确信,所有的云都在向这片小山坡汇聚,这究竟预示着什么呢? 这里,只有自己日夜劳作、疲惫不堪的母亲。

当大学录取通知书拿在他手中的时候,他犹豫起来了,他知道,自己上不起这个学,但是,这又是改变命运的最好机会。他不敢把这些事告诉母亲,他知道,母亲已经透支了自己的生命,他已经十九岁了,不应该再让母亲

来承担这些沉重了。

高中生活结束后，他在一个黄昏回到家，告诉母亲，自己没考上大学，想去外地打工，母亲听了他的决定后沉默不语。过了许久，母亲才从那个承载了父亲最后十年生命的土炕下取出一个青布小包，母亲轻轻打开一层层布，露出了一沓崭新的百元纸币。

他的身体不由自主地颤抖了起来，他知道，母亲不该有这些钱。母亲似乎看出了他的疑问，缓缓地对他说，娘不会偷不会抢，也借不来这么多钱，你爹病的时候，娘把亲戚家都借遍了，再也借不来钱了，这时有人出主意，说县城里有一个血站，虽然不是公家开的，但是给的钱不少，所以，娘就卖了一回血，血站的人对娘说，正常人卖血没有事的，而且，娘的血型很罕见，很值钱。

他终于解开了心中的迷惑，为什么娘会偶尔神秘消失，为什么再出现时娘的脸会变得那么苍白，为什么娘曾经四次晕倒在了稻田里。那天，他抱着母亲瘦小的身体哭了许久，然后取出了那张叠得方方正正的录取通知书，和母亲一起又笑了许久。

那天夜里，他再也睡不着了，一个人走到了小山坡上，他抬头望天，竟然发现一片片云正在月光中潜行，午夜的云不再变幻，它们静谧地飘移着，俯瞰着尘世间的芸芸众生。

四

他成了村里少有的大学生，当怀揣着母亲用血换来的钱走入大学校园时，他有一种彻骨的疼痛，却也有着无比的坚定。他对自己说："娘，再等我四年吧。"

在大学校园里，他依然常常看云，看着一朵朵白云向着母亲的方向飘去，他的心中充满了平和，他想："这云会佑护着母亲吧。"

大三时，母亲生了一场重病，他想休学照顾母亲，但被母亲拒绝了。母亲对他说："娘的病没事，养养就好了，只是可惜了那片稻田，正是播种的季节。"

毕业后,他留在城市里,每个月都会寄给母亲厚厚的钱,城市生活忙碌无比,他渐渐丢掉了看云的习惯,还减少了看望母亲的时间,他也想接母亲来城里,但母亲念着那片稻田,不愿来城市,母亲还说,城市里留不住人,城市里的人就像天上的云一样,身子停不下来,心也不知道该放在哪里。

再后来,他结了婚,生活变得更加忙碌,最长的一次,竟然有三个月没有回去看母亲。那时,他的妻子怀了孕,他在公司升了职,他忙得焦头烂额,也就是在那时,传来母亲去世的消息。

那一天,他忍住彻骨的心痛,放下了一切赶往家乡,在车站等车时,他下意识地望向天空,却发现天空澄澈万里,竟然没有一丝云的痕迹,他顿时泪流满面,他痛恨自己竟然这么久没有看云了,竟然没有留意到,它们也有随风而逝的一天。

他把母亲葬在了那个小山坡上,和父亲葬在一起,那一天,天空中白云朵朵,大地上绿草如茵。他走入那片熟悉而又陌生的稻田,将一株株禾苗扶正,为它们端正根系,清洁残叶。然后,他就站在稻田里仰起头来,他看到,自己的头顶有一朵大大的白云,那白云像一柄张开的伞,又像一盏点亮的灯,拥有着沉默而巨大的力量。

他确信,母亲走后,一定是住在了这朵云里。

没有翅膀也可以自由地飞翔

崔修建

　　1983年的一天，在美国亚利桑那州图森市的一家医院，一个女婴呱呱坠地，令她的父母惊愕无比的是，女婴居然一出生就没有双臂，连见多识广的医生也无法解释这个奇怪的现象。

　　在父母的疼爱下，女婴一天天地长大，成为一个可爱的小女孩。

　　那天，站在阳台上的女孩，看到一群同龄的孩子正张开天使般的双手，在阳光下欢快地追逐翩翩起舞的蝴蝶，女孩十分伤感地向母亲哭诉命运的不公，竟然不肯馈赠她拥抱世界的双臂。

　　母亲平静地安慰她："孩子，上帝的确有些偏心，但上帝是要送给你更多的梦想，要让你用行动去告诉人们——即使没有翅膀，也依然可以自由地飞翔，就像没有修长的十指，你同样可以弹出美妙的琴声，可以写出漂亮的文章……"

　　"我真的能做到那些吗？"女孩仰起头来。

　　"只要你肯努力，就能做得到，只要你的梦想没有折断翅膀，你就一定能飞得很高很高。"母亲温柔的目光里充满了不容置疑的坚定。

　　女孩相信了慈爱的母亲的话，目光一遍遍地抚摸着自己的双脚，心中暗暗地告诉自己：我有一双非凡的脚，它们不只是用来奔走的，还是用来飞翔的。

　　此后，在父母的指导、帮助下，女孩开始有计划地锻炼自己双脚的柔韧性、灵活度和力量。怀揣梦想的她，克服了许许多多人们难以想象的困难，经历了无数的失败，终于在人们不可思议的惊讶中，练出了一双异常自由灵活的脚——她不仅可以用双脚吃饭、穿衣，实现了生活自理，还学会了用脚弹琴、写字、操作电脑……她用双脚做到了几乎常人用双手所能做到的一切。

女孩开始在人们面前自豪地展示自己非同寻常的"脚功"，在起初遇到的那些异样的眼光里，也渐渐地充满了惊讶和钦佩。在她14岁那年，女孩彻底扔掉了那副装饰性的假肢，一脸阳光地穿着无袖的上衣，走进校园、商场、街区……仿佛自己根本就不缺少什么，除了常人那样的一双臂膀。

女孩在继续着创造奇迹的脚步，她读书刻苦，作业写得总是一丝不苟，从小学到中学，她的学习成绩始终名列前茅，老师和同学们都十分敬佩她的坚毅和自强。当她拿到亚利桑那大学的心理学专业的学士学位时，一家人幸福地拥抱在了一起。父亲自豪地鼓励她："孩子，你还可以做得更棒！"

"是的，我还可以做得更棒！"女孩自信地笑着。

为了增强腿部肌肉的力量，保持腿部的灵活性与韧性，女孩不仅坚持经常性的跑步，还成为碧波荡漾的泳池里一条自由穿梭的美人鱼，另外还是一家跆拳道馆里小有名气的健将……一位医生指着给她拍的 X 光片，惊奇地喟叹："经过锻炼，她的双脚已变得异常敏捷，她的脚趾关节已像手指关节一样灵活自如。"

女孩的梦想还在不停地放飞。她又走进了汽车驾驶学校，在教练员惊讶的关注中，她很快便掌握了驾车的各项技术，通过了近乎苛刻的各项考试，顺利地拿到了驾照，开始用双脚娴熟地驾车御风而行……

接下来，女孩要去圆自己心中埋藏已久的梦想了——她要亲自驾驶飞机，拥抱苍穹。

曾经培养出许多飞行员的著名教练帕里什·特拉威克第一次看到亲自驾车来报名的女孩，就知道她一定会飞上蓝天的，就像一只矫健的雄鹰那样，不仅仅因为她那娴熟的驾车技术，还因为她目光中流露出的从容、淡定与果决。

果然，女孩在学习飞机驾驶的时候，丝毫不逊色于那些身体健全的飞行

员,她一只脚操纵着控制板,另一只脚操纵着驾驶杆,滑行、拉起、升空……她冷静、沉着,每一个动作都十分准确、到位,比不少四肢健全的学员表现得都出色。教练帕里什·特拉威克说:"事实证明,她是一个优秀的飞行员,她驾驶飞机时非常冷静和稳定。一旦你和她在一起待上20分钟,你甚至就会忘掉她没有双臂的事实。她向人们显示,她可以克服所有的限制,她真是太令人难以置信了。"

25岁的女孩如愿地拿到了轻型运动飞机的私人驾照,成为美国历史上第一个只用双脚驾驶飞机的合法飞行员,开创了飞行史的先例。女孩的名字叫作杰西卡·考克斯。

如今,杰西卡·考克斯已是美国家喻户晓的英雄,她靠双脚生活和奋斗的感人故事,给世人带来了巨大的心灵震撼和精神鼓舞。

在美国数百场的演讲中,杰西卡·考克斯说得最多的一句话是:"你的梦想有多高,你就可能飞多高。"

没错,即使你生来就没有翅膀,但你依然可以自由地飞翔,因为你心中永不跌落的梦想,会为你生出自由翱翔的双翅,会给你传递无穷的力量,会帮助你创造无法想象的奇迹。

时间瘸了一条腿

古保祥

1953 年的延坪岛，战争的阴影刚刚走远，一切依然处于高度戒备状态。

渔民金三召打鱼归来，就发现自己放在外面的渔具有异常，他仔细地瞅着周围，想找出端倪来，却什么也没有发现。

放在窗台上的那枚时钟"嘀嘀嗒嗒"不停地叫着，这是父亲的遗物。自己的父亲在战争中永远地留在了异乡的土地上，这钟也昭示着一种生命的永恒，就像这战争一样，留下了创伤，也留下来无数的思念。无数朝鲜人去了南方，也有无数韩国人留在了朝鲜，他们过上了天各一方的生活。

夜深如水。他感觉到有人在动那枚时钟，借着朦胧的星光与水光，他看到一只瘦弱的胳膊，从黑暗里伸过来，然后抓紧了时钟的边沿，颤颤巍巍的样子，仿佛害怕自己暴露一样的谨慎与孤单。

"有贼!"金三召本能的反应告诉自己。他一跃而起，一只大手正好压在那人一只小手上面，那人惊慌中"哎哟"了一声。

是一个面黄肌瘦的孩子，金三召松开了手，不过，他保持着随时战斗的准备姿态。

"你为什么要偷我的东西?"金三召十分愤怒地看着手无寸铁的孩子。

孩子十分无助，他想解释什么，却恐惧地一直往后面退缩着，直至他被一只凳子绊倒在地上。

"你是一个韩国人?"金三召一眼便瞅到了孩子的衣服上面别着一枚韩国的国旗。

仇人见面，分外眼红，金三召想起了死在战场上的父亲，一种报仇心切

的感想油然而生，可是，他只是一个孩子，孩子是无辜的，是无罪的人。

他可能是战争遗留下来的孩子，也可能是被美国佬抓来当兵的孩子，不行，我不能够杀掉他，也不能移送他到政府，他会被杀死的。

金三召告诫自己，但必须弄清楚他偷盗时钟的原因。至少，这是民事责任的范畴。

"孩子别怕，告诉我，为什么要盗这枚时钟。"

"它是我们家的东西，我的爷爷留下来的，后来被强盗偷走了。"

"什么？"金三召感觉浑身战栗。

以前听父亲说过，这枚时钟来源于一场不大不小的战事，那场战事中，他们杀死过一位老人。

"不，你说错了，这是我家祖传的东西，我的父亲，临死之前留下来的，他死于朝鲜战争，它对于我来说至关重要，甚至超过我的生命。"

"我用钱买行吗？一个月以后，我肯定会将钱给你的。"

"笑话！"金三召"哼"了一声，"我如何相信一个韩国孩子的话？"

这个叫朴智慧的孩子离开了延坪岛，他是被金三召偷着用船送出去的，孩子临别时，向他鞠了一躬：我会寄钱给你的，希望你能够将时钟卖给我。孩子将"卖"字说得很重。

金三召将这件事当成了一个笑话，一个孩子的话，加上这么残酷的战争，怎么可能呢。他能够安全离开延坪岛就已经够幸运了！

半年后的某一天，金三召正在收拾自己的渔具时，却突然接到了一个特大号的信封，打开来，居然是那个孩子写来的信件，还有20美元被很仔细地裹在信封的最深处。

朴智慧在信中依然恳请他将时钟卖给自己，他说这枚时钟对于自己很重要，他的祖母已经垂危，只有这枚时钟能够给她带来希望。

金三召将这封信扔在某个角落里，直到十年后才想起来，在这期间，他经历了许多伤痛，包括自己的妻子撒手人寰。

在某个黄昏时分，他突然想起了往事，他翻箱倒柜地找到了那封信。十

年时间了,他不敢确定孩子的地址是否发生改变,不敢贸然地直接将时钟邮出去,便按照原有的地址尝试着写了一封信,两个月后,信被退了回来:查无此人。

金三召感觉芒刺在背,他考虑是不是邮路的问题,于是,他托人从中国的丹东市重新发了一封信,一个月后,依然是查无此人的回复。

时间到了 2010 年,金三召已经老态龙钟,这些年来,他一直在伺机寻找那个孩子的下落,却没有成功,但战争的炮火却于某个黎明时分划破静寂的小岛来到了自己身边。

朝韩双方都费力地向延坪岛发射炮弹,以取得对此岛的主权,金三召被通知马上搬离此岛,否则会有危险。临行时,他只带走了那封信和那枚时钟。

2011 年 1 月,韩国首都首尔市,一个叫朴智慧的老人,突然收到了从中国首都北京发来的一个包裹,打开来,朴智慧突然失声痛哭起来。包裹里是一枚时钟,可惜的是,时钟的时针已经弯曲,这可能缘于一场战争,或者是一次逃难的经历,但它依然旺盛地迈动着时间的步伐;虽然经历了世事沧桑,但它依然鲜活地印证着一段难以割舍的生命传奇。

随包裹寄来的,还有一封信。内容如下:

我辗转多年,就是想将这枚时钟物归原主,但愿这枚瘸了腿的时钟能够追得上时间和你的步伐,但愿战争的阴影能够永远从我们的身边远离,但愿这世间没有伤痕,只有爱。

落款是:金三召。

感恩的种子

梦 芝

　　母亲今天来到家里小住，儿子开心得不得了，围着已经七十高龄的姥姥不停地问东问西，一老一少欢快的笑声在屋里环绕。望着两张溢满笑容的脸庞，我的心充满了喜悦。

　　晚上吃完饭以后，我按照惯例端进一盆热水，儿子开心地嚷道："洗脚啰，洗脚啰。"说着就要脱鞋和袜子。

　　我连忙拦住他："宝贝，你先等一下，妈妈给姥姥洗完脚，下一个再给你洗。"儿子抬起头来，看了看我，又看了看母亲，然后笑着拍了拍胸脯，念起电视里的广告词："尊老爱幼，从我做起！"稚气的声音逗得我和母亲大笑起来。

　　母亲坐在沙发上，然后弯下腰去脱鞋。母亲僵硬的腰身和笨拙的动作让我心头有些泛酸。"妈，你别动，让我来。"我蹲下去给母亲脱了鞋和袜子，并将母亲的双脚轻轻放进热水里。然后抬起头来看向母亲："妈，水温合适吗？"

　　"正好，正好。"母亲的脸上露出舒适的笑容。望着母亲眼角的皱纹，我的思绪回到了从前：我小时候最爱出去疯跑，晚上睡觉之前，操劳了一天的母亲顾不得自己休息，总是会打来热乎乎的一盆水，让我洗完脚才去休息，晚上睡觉会感到特别香甜，所以第二天我的精神总是小伙伴们中最好的一个。在我九岁那年寒假，父亲和母亲要出远门，家里只有我和十九岁的哥哥。小哥哥无微不至地照顾着我的吃穿，却从来想不起给我洗脚。后来，脚丫开始长冻疮，从来不生病的我竟然患上了重感冒，浑身不得劲，那时候感到心里特别委屈。

　　一个月以后，母亲回来了，我扑在母亲怀里诉说自己的委屈。母亲看着我长了冻疮的脚丫，心疼地说道："傻丫头，你是因为不洗脚的缘故，要知道

每天泡泡脚,不光只是讲卫生这么简单,还能有效促进局部血液循环,预防冻疮发生。而且中医里那句'春天洗脚,升阳固脱;夏天洗脚,暑湿可祛;秋天洗脚,肺润肠濡;冬天洗脚,丹田温灼'是很有道理的。因为脚下面都是穴位,所以泡脚还能起到强身健体的作用。"母亲说完,给我端来一盆热水,把我的脚放进水里,用她温暖有力的手在我的脚心搓揉推拿。几天过去,我脚上的冻疮和感冒都奇迹般好了。

我慢慢长大,忙学习,忙工作,忙家庭,不过那件事却深深地烙刻在我的记忆里,一起记住的还有母亲说过的那句话。做了母亲之后,我在每天晚上,会很习惯地给孩子泡完脚才睡觉。

时光如电,我也步入中年人的行列。有一次回娘家小住,晚上,我看见坐在沙发上准备洗脚的母亲,正艰难地弯下腰想要脱袜子。看了我一眼,母亲笑着解释道:"老喽,老胳膊老腿都不听使唤了。"我心底那最柔软的地方一下子被击中,我蹲下来,轻声道:"妈,让我给您洗脚吧。"

母亲显然被我吓住了,她连连摇头:"不不,脚丫子每天在地上走,好脏的,我自己来就好。你只要一会儿给我修修脚趾甲就好,我自己够不着脚趾头,每一次都是我和你爸爸相互给对方修剪,但是你爸爸的眼花了,总是会剪着我的肉。"旁边的父亲"嘿嘿"地笑了起来,而我的心却充满了酸涩。

我固执地搬来一个小板凳,坐在水盆边给母亲洗起脚来,揉捏推拿,然后又给她仔细地修剪指甲,最后,母亲感叹了一声:"哎,好舒服啊!"那一瞬间,我的眼中涌上一层氤氲。不知从什么时候开始,他们的发丝变得斑白,他们的腰板不再挺直,他们的眼睛不再明亮,他们的手脚变得笨拙,而我一直以来只顾着忙自己的事情,却忽略了父母正在慢慢老去。

从那以后,我提醒自己,无论多忙,也要经常回家看看父母,陪他们说说话,吃顿饭。看得出来,他们很开心,而且隔一段时间,我就会帮他们泡脚、修指甲。看着父母的脸上满足的笑容,我的心也欢乐地唱起歌来。

我开始给母亲修剪指甲,儿子坐在旁边的沙发上和母亲有一搭无一搭地说着话。"我妈说人必须每天晚上洗脚。姥姥,为什么每天晚上都要洗脚啊?"

"洗脚对身体好啊。中医里说'春天洗脚,升阳固脱;夏天洗脚,暑湿可祛;秋天洗脚,肺润肠濡;冬天洗脚,丹田温灼'是有科学依据的。"

"哦,是这样啊。那以后我每天都自己洗脚。"儿子稚嫩的话语打断了我的思绪。我抬头看向满脸认真的儿子,在他清澈的眼里,我仿佛看见了儿时那个自己。

帮母亲剪完脚趾甲,我又出去换了一盆水进来。儿子从沙发上出溜下来,坐在旁边的小板凳上,乖乖地脱掉鞋和袜子然后放进水盆里。小家伙目不转睛地看着电视,我则蹲在旁边,给他轻柔地搓洗着小脚丫。忽然,儿子抬手摸着我的脸,说道:"妈妈,你真好。"

给儿子洗完脚后,我进了书房在电脑前坐下。不知什么时候,就听儿子清脆的声音在身后响起来:"妈妈,你也洗洗脚吧,我给你端水来了。"

我闻言一惊,猛地回过脸去。只见儿子手里端着半盆水,正站在客厅里仰着小脸望着我呢。我连忙出去接过水盆,还好,盆里不是热水,孩子毕竟小,只会放凉水,我的心稍稍放了下来。

我端起水盆想要去浴室里,却被儿子拦住了:"妈妈,我刚才就在这儿洗的,你也在这儿洗吧。"小小年纪,话语中却充满了恳求的语气。

虽然不明白他为什么这样要求,但我实在不忍心拒绝孩子,于是点头道:"好吧,妈妈去兑点热水就来。"

我坐在沙发上,脚浸泡在热乎的水中,只见儿子搬过小板凳在水盆边坐下来。怎么能坐在这儿看电视,我连忙说:"宝贝,坐沙发上看电视去。"

"我不看电视,妈妈,我要给你洗脚。"儿子弯下腰去,胖乎乎的小手已经搭在我的脚上,"妈妈,你不要担心,我会洗,你每天晚上给我洗脚的时候,我都看着呢,早就学会了。妈妈,每天都是你帮我和姥姥洗脚,以后我也要帮你洗脚。等我长大了,我也要给妈妈修指甲。"这句话从六岁的孩子嘴里冒出来,而且是因为每天我的言行所影响的结果,那一瞬间,我的心被深深地震撼了。

当我们为生活忙碌的时候,我们的父母却正在老去。只有用我们的爱陪着他们一起向前走,他们才不会被孤独、寂寞和苍老吞噬。而我们感恩的言行,也像是一颗种子,撒播在孩子们的心田上,然后生根发芽。

有多少亲情不能原谅

凉月满天

他一直无法原谅自己的母亲。十年前,她抛下自己的老公和孩子,和另一个男人私奔。

十年后,他已经由当年只知道哭泣的小娃娃,长成一个即将成家立业的大男人。搬离伤心地,到了另一个城市,却没有想到邂逅了她。两个人居然住在一个小区,居然经常相见,彼此颔首,却不知道是这样的冤缘! 要不是他去给女朋友买蛋糕,恰巧老女人也去,去了盯着他刚剃得短短的头发看,还不知道原来是这样。

那个她抛家舍业去跟随的男人,原本很是精明强干,却染上了毒瘾,被关进戒毒所。家里一切都被抽光卖净,只剩下她一个年老无依的孤苦女人。

但是他不肯认。凭什么要认? 他一个人过了十个没有母亲祝福的中秋节,含着眼泪吃了十个没有人跟自己分的中秋月饼;过了十个没有母亲祝福的生日,含着眼泪吃了十个没有母亲帮忙吹蜡烛的生日蛋糕,上面的蜡烛一年年增加,可是,父亲忧虑伤心,已经病逝,灵前也不见母亲的身影……

所以,当她抱着他痛哭的时候,他只是冷静地说:"女士,你认错人了。"

"怎么会?"妈妈使劲喊,"儿子,你的右鬓角有一块月亮胎记,你的左手小指的指肚上有一粒小黑痣,你三岁那年动大手术,胸口缝了十七针,不信,我们数数看……"

一边说,一边就上手要来解儿子的衬衫。他退后一步,冷冷地看着她。

他心里有一种报复的快意和疼痛。

然后,他就出了长差。这样凌乱的思绪,实在不宜和这个女人一起待在

这个小区里面，抬头不见低头见。

五个月之后他回来，信箱里有一封信："儿子，妈妈知道你不肯原谅我，也知道你看见我别扭。我租的房子也到期了，我那个男人也出了戒毒所，我们准备一起回昆明，这是我在昆明的地址。什么时候你想妈了，来看看……"

凭什么想你呢？他把信揉皱了，团成团，扔进垃圾桶。

想了想，又从垃圾桶里掏出来，慢慢展平，用两根手指头捏着，扔进抽屉。

又一个十年过去了。他家庭美满，事业一帆风顺，可是总觉得什么事情未完成。躺在黑夜里，他想，是什么呢？想着想着就睡着了，梦里出现母亲忧伤的脸，他猛一下睁开眼睛。

三天后，他按响了昆明一座公寓的门铃。开门的是个年轻姑娘，看见他，先是一脸错愕和恍惚，然后很热情地叫："请进，请进。"

然后，他就看见母亲坐在沙发上，膝盖上盖一条薄毯，眼睛看着客厅外面，明知道有人进来，眼里却没一点神采，好像知道来的也不过就是些收电费的，收水费的，收垃圾费的……人。当她看见儿子站在面前，浑身一颤，使劲想要站起来，却立脚不稳，又跌坐在沙发上，跌散了稀疏的额发。她就那么透过透明的银丝往外看，看自己的儿子从天而降。

他准备了一肚子的说辞，全都用不上，看着面前这个自己又痛恨又深爱的女人，她就那么盯着自己。他走到她面前，单膝跪下，捧起她瘦骨嶙峋的手，抚上自己的脸。

女人号啕大哭起来，嘴里被泪水淹得口齿不清："儿子……儿子……"

等平静下来，她拉起儿子的手，跟那个开门的女孩介绍："这是我请的保姆，来，这是我儿子！"女孩笑着说："知道，知道，我看见他鬓角的胎记了。"然后转头对他说："你回来了，真好。"

是啊，真好。妈妈拿出十件毛衣，她在这个温暖如春的城市里，为远在北方的儿子一年织一件，一共织了十年。眼睛花掉了，织的针有的还是错

的。可是,那有什么关系呢?

他想起学过的一句话:"北堂幽暗,可以种萱。"意为即使天地幽暗,萱草也可以照亮母亲的心。其实萱草就叫"忘忧草"。而忘忧草,就是黄花菜,花期很短,只有一天,所以英文名为 daylily。真像亲情,若是不肯及时挽,怕也是什么都来不及做了。

"萱草生堂阶,游子行天涯,慈母倚堂门,不见萱草花。"忘忧草,其实也是见佛草吧。一个游子立志出门寻佛,总无结果,路遇一老人开恩指点他:"你回去吧,见到一个反穿棉袄倒踏鞋的人,那就是你的活菩萨,你要好好供奉他。"

游子听命,急急转身,回家已是半夜,手刚触到门环,嘴里刚轻叫一声:"妈。"大门就已经打开,母亲急急冲出来,反穿棉袄倒踏鞋,心急得什么都顾不上。他一下子明白过来。

他也明白过来。守着一桌子丰盛的菜,妈妈坐在他身边,一直在笑,一直在笑。沈从文说:"凡是美好的事物都没有家,流星,落花,萤火……"他如今觉得,人有了家,才是真的美好。

亲人之间也不是彼此互为天堂,辜负与怨恨轮番上演。可是有时候想一想,趁着你在,我也在,时间和世界都在,有多少亲情不能原谅?

亲情永不散场

顾晓蕊

他从网吧走出来时，天色已晚，一阵秋风吹来，街边的落叶随风起舞。远处亮起一盏盏橙色的灯，那或明或暗的灯光下，会演绎怎样的动人故事呢？

想到此，他不由心头一酸，都说家是温暖的港湾，而自己却犹如一叶孤舟。

自他记事起，家里就战火不断。因一些生活琐事，母亲唠叨上几句，原是想从父亲那里得到些许安慰。父亲却事事较真，非要争个面红耳赤，最后两人相互指责嘲讽。他心里觉得惊恐，有几次甚至跪在冰冷的地面，哭喊："爸爸妈妈，你们别吵了。"

孩子的泪，瞬间泡软了父母的心，可过不了几天，他们又会因小事争吵起来。

在这样的环境中长大，他觉得很压抑，比同龄人多了几分忧郁。进入高中后，虽然学校离家并不太远，但他还是选择住校，到了周末才回一次家。

那一天，他走进家门，闻到一股呛鼻的酒气。在一阵激烈的争吵中，暴怒的父亲将母亲打倒在地。母亲眼皮浮肿，头发散乱，殷红的血顺着嘴角淌出。他愣在那里，紧握着拳头，浑身瑟瑟发抖。

父亲是爱面子的人，之前虽有争吵，还不至于动手。这一次，母亲伤透了心，父亲冷硬的拳头，击碎了她最后的一丝留恋。她不再隐忍，提出离婚，家就这么散了。

当父亲拎着箱子离开时，他跑过去递上一张纸条，上面的字力透纸背：

我叫你爸爸,你却打我妈妈！大大的感叹号,如同他悲伤的眼泪,父亲面露愧色,悻悻地转身而去。

他开始旷课、逃学,迷恋上网络游戏,在虚拟世界里麻醉自己。当老师问起时,他总是支支吾吾,找各种理由搪塞。这个周末,他又在网吧泡了半天,挨到天黑,才慢慢朝家里走去。

踏进家门,母亲阴沉着脸,怒喝道:"我给老师打过电话,你最近不好好上课,到底干什么去了……"他愣在原地,一语不发,心里泛起无边的苦涩。

那天夜里,他久久难以入睡,想起游戏中的侠客,那浪迹天涯的洒脱,一个念头从脑海中闪过——出去"闯江湖"。第二天天刚亮,他打开母亲放钱的抽屉,拿走里面的钱,留下一封短信,然后悄悄地离开了家。

他来到另一个城市,为了生计到小餐馆打工,每天站在水槽边洗盘子,手泡得发白、裂口。所谓的江湖并非想象中的那么潇洒惬意,然而已没有回头的路,他只能咬牙坚持下去。

就这样过了三个月,有一天,他像往常一样去餐馆。谁知到了那里,餐馆关门转让,打老板电话,居然无法接通。忙乎了这些天,没有领到一分工钱,他欲哭无泪。

在街上晃荡了几天,身上的钱也已花完了,又累又饿的他晕倒在路边。幸好被过往的行人发现,喊来正在值勤的巡警。他被救醒后,讲述了自己的经历,他们立即为他买来可口的饭菜,随后又派人把他护送回家。

见到母亲时,他简直不敢相信,眼前的她显得那么苍老憔悴。母亲跌跌撞撞地迎上前来,紧紧地抱住他,号啕大哭起来。他在床上躺了一天,对于母亲的连声追问,均以沉默相对。

第二天早上醒来,暖暖的阳光照进来,窗外响起鸟儿的啁啾声。这一切是多么美好,与他的心情格格不入,他的唇边掠起一抹苦涩的笑,感觉自己在这个世界上是多余的。

这时,有人推开虚掩的门,说:"天气真好,咱们出去走走吧。"抬头见是老师走了进来。他们来到河堤边,散了会儿步后,老师轻声说道:"这几个月

以来，你父母快急疯了，发动亲友四处寻找你，你知道大家有多担心吗？"

"你家里的情况我也有所了解，你的父母都是很好的人，但两个好人并不一定有好姻缘，希望你能理解他们的难处。"老师继续说，"你要学会勇敢地去面对，不管怎样，他们永远是你最亲的人。"

老师的话犹如一缕光，照进他内心深处。他倚着一棵树，侧过身，呜呜地哭了起来，连日来深藏在心底的无奈、恐惧、思念、困扰，顷刻间被泪水冲淡了。

他重新回到了学校，老师尽可能地抽出时间，帮他把落下的功课补上。他和父母之间的隔阂与误会也逐渐消融，变得日渐融洽起来。经过一年多的努力，他顺利地考上了一所外地的大学。

开学后不久的一天放学，宿舍的几位好友神秘地冲着他笑，并推拉着他来到校门口的一家餐馆。刚进去时，屋里漆黑一片。正纳闷着，灯突然亮了，他惊奇地发现父母竟然坐在对面。

原来这天是他18岁的生日，父母特意赶到学校，邀请他的室友共同为他庆祝。他们坐在他的身边，笑吟吟地望着他，和他一起切开生日蛋糕，欢快地唱起了生日歌。

父母曾经是一对怨偶，如今反而能像朋友一样相处，做到相敬有礼。如此看来，他们在痛苦中煎熬了多年，分开未必不是一件好事。作为儿子，他只有尊重父母的意愿，并送上真心的祝福。

毕竟，从他们彼此会意的眼神中，他读懂了来自父母的爱，心里涌起如潮水般的暖流。这次聚会之后，他们仍会回到各自的天地，但亲情永不散场，这才是最重要的。

为了不爱的拒绝

卫宣利

那年,她大学毕业去报社实习,领导为她安排工作时,正遇上他去送稿。领导当即指着他说:"这是咱们报社的头牌,你以后就跟着他干。"

她看向他,个子不高,微胖,戴一副黑框眼镜,很普通的一个男人。可是他抬眼看她时,眼神中交织的凌厉与温情,敏锐与狡黠,却让她的心瞬间迷乱。

第一次交稿,她站在他面前,内心忐忑。他认真翻看,皱着眉头,表情严肃,沉默着,不说好,也不说不好。她翻眼偷看他的表情,却正迎上他对视的目光,她吓得一吐舌头,他似乎被她的羞怯和顽皮逗乐,严肃的表情终究没坚持住,忽然就笑了。她也笑,心,像枝头上鼓起的花苞,突然被阳光震了一下,"砰",所有的花瓣都毫无遗留地瞬间绽放。

她跟着他工作,他顶着压力为警车轧人逃逸事件追踪报道;为身患骨癌的孩子争取救助而四下奔走……成熟、果敢,又不乏温情。在他的身上,她看到一个记者的正义与担当,也看到了一个男人的超凡魅力。

那次她从外面采访回来,下着大雨,裤子都湿透了,就把鞋脱了。刚一回头,就看到他朝这边走来。她慌忙去穿鞋,忙乱中,一只鞋被甩了出去,正好落在他的脚边。他弯腰为她拾鞋,又很有绅士风度地将鞋子递给她,顽皮地说:"公主殿下,请。"一屋子的人都笑了,她尴尬地红了脸。那一刻起,他的人,他走路的姿势,就映在她的心里。她跟同事聊天,拉三扯四最后总能扯到他身上,装着无意,打探他的消息。

很快便知道了,他结婚四年,有一个两岁的儿子,老家在湖南,曾经是当

地的文科高考状元。明知道没有结果，可她不想阻止自己陷落的心，就这样默默地看着他，也很好。

他是个迟钝的男人，她的内心已经为他风起云涌，他却丝毫不知，安之若素。可是暗恋终归是折磨人的，她魂不守舍，工作屡次出错。那天，她再次犯了常识性的错误，被他毫不留情地批评："最基本的东西都出现错误，你能不能多用点儿心？"

她低头，暗自垂泪。他哪里知道，她不是不用心，而是把心全部用在了他身上。

不是所有人都像他那样迟钝，身边的明眼人私下提醒他，他才恍然。

那晚，她加班到深夜，从办公室出来时正好遇上他。他说，我请你吃饭吧，有家刚开的湘菜馆味道很不错。她的心止不住地狂跳，仿佛有一万只兔子在心里跳跃、呐喊。她紧紧闭着嘴巴，唯恐一张口，那些兔子会跑出来。一路上，她胡思乱想，他会对自己说什么呢？婉言相拒？或者，接受她，让她做地下情人？

饭菜很丰盛，她却很少动筷。她看着这个梦中的男人，他吃相不雅，呼噜呼噜地喝汤，菜掉得满桌子都是，手里举着一只鸡腿啃得满嘴流油。服务员上菜慢了点，他便将小姑娘臭骂一顿。那么难听的话，她简直为他脸红。他喝高了，解了衣扣，松了皮带，脱了鞋子，双脚翘在椅子上，拿着牙签剔牙，满嘴跑火车吹嘘自己。后来，他佯装醉酒，伸手揽过她的肩，用油乎乎的嘴去吻她的唇。

她厌恶地躲开，他摇摇晃晃地追过来，说："装什么清高？你不是很喜欢我吗？我在对面的宾馆已经订好了房间……"她奋力抗拒，挣脱他的纠缠，一路狂奔，泪雨纷飞。她没想到他竟是这么不堪的男人，那些盛开在心里的爱恋之花，倏忽之间，全谢了。

第二天，她连单位都没去，打电话辞了职。不久后，她接受了一直追求她的学长的邀请，南下去了珠海。再后来，她和学长倾心相爱，结婚成家，有了一个漂亮可爱的女儿，生活平静安宁。

几年后,她也成了新闻界的"名记",被邀请去参加一个行业的交流会。会上,她见到了他。他已人到中年,头发稀疏,瘦了,却依然神采奕奕。会后的宴席,她和他隔了几张桌子坐着,远远地看见他,端着酒杯,彬彬有礼地敬酒,细致周到地为身旁的女士挡酒,递纸巾。她忍不住轻蔑地笑,对身边的人说:"男人都一样德性,表面上道貌岸然,私底下不知道多恶心猥琐呢!"同桌的人惊讶地问:"你是说他吗?他可是圈子里有名的好男人,照顾病妻多年,恩爱非常。据说,不断有女孩子向他示好,都被他巧妙地拒绝了。你对他,有误会吧?"

她举着筷子的手,忽然就停住了。仿佛有东西攫住了她的心,让她无法呼吸。她一下明白了他当年的作为:是的,他不能接受她的爱,又怕她在自己身上浪费美好的青春岁月,为了拒绝,又不伤及她的自尊,他才不惜自毁形象,给她留下了那么恶俗的印象。他如此用心良苦,不过是为了促她远离,去收获属于她的爱情。

云要跳舞，我要歌唱

张军霞

"我们会一起进入云端，因为那里的视野更美。亲爱的，我就在上面。不会很久，不会很久……"当 17 岁的美国少年佐比希，身穿最喜欢的格子衬衫，面对麦克风弹唱自创的歌曲《云》时，那欢快的曲调，让人怎么也无法相信他是一位身患癌症的病人。

佐比希从小就特别贪玩，每天都喜欢在外面疯跑。14 岁那年的一天，佐比希和小伙伴们一起游泳时，忽然感觉髋骨有些疼痛，他以为是游泳时间太长造成的，赶快从游泳池里爬了出来。不料，佐比希第二天起床时，这种疼痛感不但没有消失，反而一直持续着。父母赶快带他去医院检查，却听到一个晴天霹雳般的坏消息：佐比希已患骨肉瘤，恶性程度相当高，按照当前最先进的治疗方案，手术后患者能够生存 5 年的概率，也不过只有 5% 至 20%……

"可是，我想活着，想唱歌，想踢足球，还想去环球旅游……"佐比希有太多梦想没来得及实现，他无法接受残酷的现实，从医院回来的路上，他一直默默地淌着眼泪。从这一天开始，他再也不是那个活泼爱动的小伙子了，而是心甘情愿将自己封闭起来，不愿意与任何人交流，甚至拒绝治疗。

一天，佐比希又将自己关在房间内，独自望着窗外发呆。湛蓝的天空中，正飘过大朵洁白的云朵，它们看起来那么潇洒。这时，母亲端着水果走了进来，她忧心忡忡地看着儿子，不由地握住他的手说："亲爱的，你一定很羡慕那些云吧？其实，你看，它们很多时候都没有办法决定自己的方向，会被突然而至的风所主宰。它们不能改变命运，却尽可能地翩翩起舞……"

佐比希忽然感觉到，自己也像一朵云，而癌症就像突然刮来的风，难道只有乖乖就范这一条路吗？不！他忽然下定决心，坚决地跟母亲说："帮我联系医生吧，我接受治疗！"

不久，佐比希陆续开始接受包括髋关节置换手术、4次胸廓切开术在内的十多次手术以及持续数月的化学疗法治疗。每当疼痛袭来时，他总会咬着牙，在心底悄悄对自己说："不能倒下，云要跳舞，我要歌唱！"

每次手术过后，佐比希都会拿起心爱的吉他，边弹边唱，安慰同屋那些不幸的病友们。一次，有个患白血病的七岁女孩安娜，在听完佐比希的歌曲后，忽然请求道："大哥哥，能不能为我写一首歌？那样，等我将来去天堂的时候，妈妈就不会那么悲伤了……"

小小年纪，竟如此懂事，佐比希被她的善良深深打动。对创作歌曲一无所知的他，让母亲找来很多书，迅速给自己充电。非常遗憾的是，没能等到他写出一首完整的歌曲，安娜的病情突然恶化，很快就去世了。

怀着沉痛的心情，佐比希尝试着写了一首歌。当他流着眼泪弹唱时，安娜的母亲却摇摇头说："这不是安娜想要的。她说自己只是变成了一朵云，从此将快乐地生活在天堂。我们想念她的时候，可以仰望天空……"

佐比希忽然明白了，他抹去眼泪，重新创作了一首名字叫《云》的歌曲，它的曲调欢快，积极上进。在自己的生命进入倒计时时，他想以这样一首歌，用安娜所喜欢的方式向亲友们道别。

如今，佐比希的癌细胞已扩散至骨盆和肺部，医生预言，他只剩下3个月至1年的寿命。佐比希开始争分夺秒行动起来，他将自己唱歌的视频传到网络，10天内就有了40多万次的点击量，数千人给他留言，说是从歌曲中感觉到了"希望的力量"。一名网友写道："今天你真正打动了我的心灵。请继续坚强，积极向上，好好活着，带着欢笑和爱。"

此外，佐比希还在父母的帮助下，设立"扎克·佐比希骨肉瘤基金会"，为骨肉瘤研究募款，给"今后患这种病的孩子更多治愈希望"。基金会打算向捐款超过20美元的人赠送佐比希的音乐专辑，其中就收录了他最喜欢的

《云》。

今天，如果你打开佐比希的个人网页，首先就会看到六个字：云要跳舞，我要歌唱。少年佐比希是这样说的，也是这样做的。他的坚强乐观感动了无数网友，他的歌声正在被越来越多的人传唱。让我们为亲爱的佐比希祈祷，也许奇迹会出现，就在下一刻。

她的温暖，从不曾离开

刘 敏

一

她对母亲一直是有怨言的，母亲是典型的坨坨妹，一米五的个子，还很胖，脸上长满了雀斑，脾气也很差。而她，最要命的是，继承了母亲的缺点，一块遮盖半边脸的雀斑，都上小学六年级了，还是班上最矮的。集合时，她永远站在第一个；排座位，永远坐在黑板下面。同学们给她取了个难听的雅号"东施"，不论她走到哪儿，迎接她的都是嘲笑和议论。

这样的屈辱，自她有记忆起就开始伴随着，她害怕去人多的地方，害怕和人说话，甚至于她一听到别人笑，就会认为是在嘲笑自己。内心里，她把这些怨恨都转移到了母亲身上，如果母亲高一点，漂亮一点，她就不会这么矮，就不会有雀斑，出去也不会这么丢人，更不可能成为别人的笑料。

她也不给母亲好脸色，稍不满意，就怒骂母亲，说，没见过你这么笨的人，又说，我很烦，别给我添乱。儿童节，母亲想喊她一起逛街，她脱口而出："两个皮球，在街上滚来滚去，你不嫌丢人，我还嫌丢人呢。"

母亲愣住了，转过头去，微胖的身体颤抖着，半晌，才默默地走开。后来，从父亲那里知道，母亲原本是打算给她买几件漂亮的衣服，她没有半点感激，她说过的一句最狠的话是，真是瞎了眼，出生在你这样的家里。

那个笨拙的母亲，是她见过最蠢的女人，菜炒得难吃，做事又慢又拖拉，织一件毛衣还要花半年，出去办事，经常被邻居指责。只是很奇怪，父亲对

母亲，从来都是细言细语的。他的爱，像大海，缠缠绵绵地包围着这个家。

二

十五岁，她学会了逃课，跟着一群混混出没于网吧，涂着大红嘴，叼着一支烟，肥臀在阳光下扭来扭去。那一次，她正和几个小混混去玩，在路口遇到了班主任和母亲，母亲气势汹汹地跑过来，一把夺下她嘴中的香烟，一个巴掌抡过去："好的不学，就学坏的！"几个混混想过来，但都被母亲瞪得如牛眼的气势吓坏了，落荒而逃。

母亲揪着她的辫子回家，她疼得大喊，你这个恶女人，我究竟做错了什么，把我生得这么丑，这么矮，现在你又来管我的私生活，你是不是想让我死了，你才能安心。

母亲的脸一下子变得煞白，却没有多说话，拽着她回了家，她想，这辈子她完了，活在这样的家里。

之后，没有混混敢再来找她，她也收敛了，安安静静地读书。高考后，她填了一所很远的学校，她只想，离这个和她水火不容的女人，越远越好。

大学几年，她很少回家，并非不想，只是怕面对那个被她深深伤害过的老母亲，在外越久，她对母亲的怨恨也就越淡，有时她想，母亲也许白了头发，不知道她做事的效率是否高了些，做的菜，虽然难吃，但那里面洋溢的是家的味道啊。

有一次，和父亲聊天，不经意间提起母亲做的腊肉，一周后，她就收到了一个包裹，里面全部是母亲做的干菜：腊鱼、腊肉、腌萝卜、白辣椒……听父亲说，母亲现在唯一的嗜好就是给她做干菜，颜色虽然不好看，也有点咸，可是她吃着，总感觉到阵阵温暖。

三

大学毕业后，她就近找了份工作，母亲也没有反对，只是带了个信来，说

混得不好就回去,家永远都是她的家。

不久后,她恋爱了,结婚了。母亲来看过她一次,拉着女婿的手,嘱咐他一定要让她幸福。只是她并没有得到应有的幸福,两年后,男人在外面找了个有钱的女人,无情地把她抛弃了。

她哭得死去活来,一时想不开,就吞了瓶安眠药,昏迷中,她拨通了母亲的电话,等她醒来时,已经在医院了,一脸憔悴的母亲,正小心地把煲好的粥,一口一口喂进她的嘴里。她喊了声"妈妈",泪水忍不住流了下来。母亲抱着她说:"孩子啊,以后不要再做什么傻事了,你出了什么事,可叫我怎么活。"

她这才知道,母亲是坐飞机过来的,一个从没有出过远门,连坐汽车都要晕车的人,千里迢迢来到这座陌生的城市,那份艰辛不是常人所能想象的。

母亲说,回去吧,找不到工作,我就养你。拽着她的手,就像当年,她在街口,拽着她的手回家一样。

母亲在县城里找了间房子,父亲去外地煤矿了,母女俩一起住,母亲天天给她做饭,味道还是和当年一样难吃,可是她却莫名地喜欢上了,一天吃不到母亲做的饭,她心里就不舒服。

后来,她找了份在报社的工作。再后来,母亲就开始张罗着给她相亲,她也乐呵呵地去见,她知道,母亲是不可能害她的。

见了一个老实本分的男人后,母亲说,就是他了。她转过头,眼睛睁得大大的,为什么呢?

母亲认真地说,因为,就和你父亲一个模子出来的,老实,踏实,安分。她就拉着母亲的手,笑。

结婚那天,当着所有人的面,母亲郑重地把她的手,放在他的手里,我就这么一个女儿,她任性,脾气也不好,你一定要好好待她,要不,我拼了老命,也会找你麻烦。

她低着头默不作声,泪水却止不住地流。

四

父亲去世的那天晚上，拉着她的手，颤抖地说，知道我为什么会这么宠着你母亲吗？她虽不漂亮，但却是天底下最善良的女人。当年，我父母双亡后，到处乞讨，是你母亲收留了我，就这样我便在她家住了下来。记得那时候，你刚生下来，她看见你脸上的雀斑，还特别兴奋地说，说你继承了她的全部，她的善良，她的大度……她人虽然是笨了点，可村里人哪个不说，你母亲有一颗菩萨心肠啊。我知道，你以前对她有深深的芥蒂，可都是血肉相连，哪有解不开的结，我走了，你们要好好相依为命啊。

她望着母亲，也不说话，把那又矮又丑又胖的女人抱了过来，双手紧紧地握在一起，她用这个有力的动作，向父亲承诺，不管是现在，还是将来，她们都会相依在一起，形影不离。只因，她是她唯一的母亲，她是她唯一的女儿。

每一颗星星都有一片璀璨的夜空

王国军

　　她一直都觉得自己命不好。三岁,她失去了父亲;四岁,她差一点因为出血热而离开人世;五岁,一场百年不遇的洪水冲倒了她家的小屋,靠着漂浮的原木,她才躲过一劫。八岁,母亲带着她嫁了一个司机,直到这时,她才觉得自己的运气慢慢好转起来。

　　于是,她尝试着与继父处理好关系。她努力做一个好孩子,知书达理,当她一次次把母亲给她吃的东西递到继父跟前,继父冷眼都不看,只说"放在旁边吧",却从头到尾,碰都不碰一下。

　　读寄宿学校后,每次向继父要钱,他脸都板得紧紧的,尽管她努力强装欢笑,但背后,却是抽筋般的疼。六年级,作文题,写和父亲的幸福生活,她交了白卷,老师问她,她说,我的父亲已经死去了,我是个没父亲疼的孩子,所以我一点也不幸福,没东西可写。却不想,这事被继父知道了,那一次,他是真的生气了,拿起鞭子,就欲打下去。她哭着说:"你打吧,最好是打死我,我好去找我的亲生父亲诉苦。我会告诉他,你根本没资格做我的继父。"

　　鞭子落在地上,他黯然离去。那一次,是真的刺痛了他,三个月都没看到他过来。等再来时,他整个人都瘦了一圈。这以后,虽然他对她好了很多,只是这年少结成的心结,早已根深蒂固。

　　初三时,继父希望她读市一中,她却偏偏选择了一所最差的中学。高三时,他希望她能报考本地的大学,彼此都能有个照应。她却偏偏跑到了杭州。他气得跺着脚叹气。

　　大学毕业后,她选择到贵州支教一年,她本以为继父又会反对,但他听

了，只是淡淡地说："一个人在外，万事要小心。"

确实是很艰难。她所在的那个小学，在深山里，没电视，没网络，甚至连手机信号都没有。来了三个月，她只给家里打过一次电话，电话里，母女俩哭得稀里哗啦的。母亲说，在外一定要当心啊，你叔叔可担心着你呢。母亲又说，家里的葡萄熟了，你叔叔说要给你留着，舍不得卖。母亲的嘴里开口闭口就是叔叔，她也深知母亲的心意，那么多年了，该恨的也早已淡了。

不久后，她突然发现，自己的门外，多了一些野味。开始以为是家长送的，到班上一问，都不知道。后来，几乎每天早上，打开门，都是一碗热气腾腾的辣椒面，那可是她最喜欢的，她惊讶得无以复加。难道是母亲来了，可在这荒僻之地，母亲即使知道，也难以找到啊。

那日，她想下山一趟，从学校到坐车的地方，足足要走一个小时。因为最近经常有人抢东西，她特意选择大清早出发，却还是遇到了两个小青年，其中一人拿着一把晃得刺眼的匕首。她倒是非常冷静，她想据理以驳，没想到两个小青年根本不理她，就欲扑上来。慌乱中，一个人影闪了出来，片刻间，两个小青年被打得人仰马翻。她呆了，那个人不是别人，正是她恨了十多年的继父。

她说，你怎么来了。他讷讷地笑，想你了，就过来看你了。

她惊慌失措地回到学校，却发现，学校里所有的门窗都已修补一新，校长站在门口，拍着他的肩膀，说，丫头，你有一个世界上最伟大的父亲，这么远，居然辞职来陪你，还义务给我们维修门窗。

她张大嘴，你怎么认识我爸爸？

校长笑着，你来不久，他就写信过来了，基本上是一周来一封，信里全是在问你的情况，还多次拜托我一定要好好照顾你，说你在家很少吃苦，任性又不懂事。

她的眼里一阵潮湿，顾不上说拜拜，人飞奔似的朝外跑，在村口，看见继父正扶着母亲走上来。

事情的真相，是母亲后来告诉她的："其实你一直都误会你叔叔了，小时候,你给他吃的东西,他都舍不得吃,硬要给我吃,我一直都想告诉你事实,是他不肯。知道这里有人经常抢劫后,他一直都放心不下,又牵挂着你,于是一合计,干脆到这边来住一年,就当是旅游。"

一个真相,让她的心里所有的冰,都在顷刻间融化,暖暖的。这些年,继父并不是不爱她,只是这种爱,多了几分理性和沉默。

她忽然想起小时候和继父去看电影的情景,两个人就走在满天星斗的夜空里,她说:"妈妈说,每一个孩子都是星星变的,我想我肯定是那最大最亮的北斗星,那么你呢,你要做什么呢?"他说:"那我就做那片璀璨的夜空吧,因为有我,才有你的美丽与精彩。"

原来,整整十八年了,他一直都在做那片璀璨的夜空,千里万里,也遮盖不了一个父亲如海般的爱。

云要跳舞，我要歌唱

第三辑

染绿心中的春天

就像树懒，对生命的要求只是一片叶子而已。即使真的一无所有，但只要生命中还有一片叶子存在，那就没关系。像树懒一样吧，慢慢采摘叶片，轻轻咀嚼叶脉，享受心灵最沉重的打击之乐，让灵魂和生命在苦难和泪水中，熠熠生辉，绽放美丽。

云要跳舞，我要歌唱

春天，不远

薛俊美

寒冬。疾驰的列车。

冷如冰窟又逼仄的车厢内，坐着一对衣着光鲜、形同陌路的年轻夫妇。对面，是一个中年男子，气质不凡，却愁眉苦脸。外侧，是一个抱孩子的老年妇女，穿衣打扮一看就是农村人，不过还算干净，挽着发髻，一看就是个说话做事利索的人。

孩子稚嫩的笑声打破了车厢令人窒息的氛围。年轻女子伸手触一下孩子嫩嫩的脸蛋，转头问老妇人，您是她的——？老妇人亲下孩子的额头，她喊我奶奶哩！

奶奶，奶奶奶奶——车厢里响起一串银铃般的叫声和笑声，如同春风中的黄鹂啁啾翩飞。

手舞足蹈的孩子，不小心碰到邻座中年男子的腿。老妇人忙拦住孩子乱蹬的腿脚，嗔怪一声，这孩子，没个老实劲儿！

男子挪动一下，若有所思，我也有个女儿。

老妇人给孩子擦擦嘴角的涎水，笑一笑，闺女好啊，长大了知道疼人！俺稀罕闺女哩！是吧，小宝？说着，和怀中的孩子玩起了"额顶额"的游戏，你来我往，车厢里顿时热闹起来。

也许是老妇人和孩子的亲昵，触动了中年男子心中的弦，他自顾自地倒出心中的苦水。

原来，他和妻子是大学同学，有车有房事业有成，十岁的女儿聪明漂亮，可心底总是隐隐约约留有遗憾，偌大的家业竟然没有儿子来继承。又加上

中年夫妻的婚姻味同嚼蜡，所以自己特地出来散心，静一静。

说完，长叹一口气，郁积的心事对陌生人和盘而出，不用顾虑，不用介意，不存芥蒂，也算是一种释放了。

一直未开口的青年男子，看一眼身边的女子，也开口了。原来，他俩刚结婚仨月，典型的一见钟情式，热恋一个月就火速闪婚，本以为白头偕老，谁料想婚后性格迥异，三天一小吵五天一大吵，两人都身心疲惫。说好这趟旅行归来，就分道扬镳，各回各家、各找各妈。

一旁的女子也幽幽叹口气，是的，还有两站我们就到家了，我俩说好了，不回家，直接去民政局把证换了，红的换成绿的。

家家有本难念的经啊！老妇人用膝盖托着孩子，不徐不疾地用双手揉捏、敲打孩子的腿部肌肉，像是自言自语，也像是对孩子对车厢的所有人说，老天爷把这难念的经塞给咱，咱接过来了，就得好好念。识字的不识字的，都得好好念，手捧着，眼看着，嘴念着，心想着念好就能念好，心不想念好就真的念不好！你说对不，小宝子，我的小宝子？

怀里的孩子被逗得笑声不断，连喊"奶奶，奶奶"。

孩子嘴角不断涌出的涎水，一粗一细的腿，让另外的三人到底还是看出了端倪，年轻女子小心翼翼地问，孩子的腿——

老妇人笑笑，先天性的毛病，我捡垃圾的时候，捡到了她。算是俺娘俩有缘吧，谁抱她都哭，就是搁我怀里嘎嘎笑，我有一口饭，就饿不着她！

三人嘘唏着，看那孩子身体残疾，却一脸的灿烂。看那老妇人衣着寒酸，却一脸的安宁，全然不像自己。衣着光鲜有什么用？家财万贯又有什么用？快乐是用金钱买不来的。年轻夫妇你看看我，我看看你，似有话要说，却谁也不好意思开口。

老妇人继续絮叨着。俺庄户人也不懂个啥！俺就知道，每隔一段时间，俺攒下一点钱，就去大医院给俺孩子治治，以前她都不会讲一个字，现在竟然能喊俺"奶奶"了，俺知足着哪！这不，我卖了庄稼和牛羊，加上捡破烂的钱，又能去趟大医院了，俺娃有福哩！

你俩年轻的娃,也有福,搭伙过日子,红个脸不算啥,瞧你俩多有夫妻相啊。遇上了,就是缘分。要是真散了吧,你俩屋里头那四口老人那还能受了哇,不得急得吃不好饭睡不好觉啊！你俩的经,你俩可得手攥手,手捧心念好!

还有这个大兄弟,我家里的娃跟你年纪差不多少,只可惜随他爹,命短。庄里人说我命硬,老天爷看我可怜,送我个孩子陪着我一块念经,这本经,我可得好好念,念好它！人都说,命中无子莫强求,求来求去结怨愁。老天爷赏给你一个家,你可不能把这个家生生撕碎了啊!

一时间,车厢静得很,只听见车跑在路上"咣当,咣当"的声响,孩子安静地睡着了。

中年男子站起身,急急忙忙地要下车,他说,他本来准备去找以前的初恋,现在不想去了,想回家,给女儿买个大娃娃,给妻子买条项链,捎上几瓶二锅头,老丈人好这口儿。

望着男子下车的背影,年轻女子依着身旁的男人,男人爱怜地拢拢她耳边的头发,两个人的手,十指相扣。

那厢,老妇人抱着孩子,两人一同发出了细微又幸福的鼾声。

看——女子指指窗外一闪而过的雪山,那是一片向阳的坡地,白白的雪下,隐隐约约能看见葱绿的颜色。男人咬住她的耳垂,宝贝,回家,我们要个孩子吧。

春天,怕是就要来了吧。

意想不到的回报

沈岳明

19岁那年，一个人从老家潮州乡下跑出来，到广州闯荡。因为人生地不熟，工作又不好找，很快，他便将一点可怜的盘缠花得精光。怎么办？如果再找不到一份能够填饱肚子的工作，那他非得饿死在街头不可。

他想，哪怕是讨饭也不能回老家去过那种面朝黄土背朝天的日子。他在一条小街上徘徊了很久，终于鼓起勇气走到了离自己最近的那家饭馆。

当他正准备开口说："老板，您只要让我吃一顿饱饭，我愿意给您做事，洗碗拖地，打扫卫生，什么脏活重活都行。"可是，那家饭店的老板一看他的样子，就马上挥手将他轰了出来。

没办法，他只得往第二家去碰运气。这次，他刚开口说了句"老板，您只要让我吃顿饱饭……"话还没说完，结果又被人家给轰了出来。他反复总结经验，肯定是他犹豫不决的样子，让人误会自己是个坏人。因为他年纪轻轻，四肢健全，哪里像个乞丐嘛！

最后，只剩下一家了，那家饭店里好像没有男人，是一个40多岁的女人开的店。因为店太小，生意也不怎么好，老板娘既是厨师又是服务员。也许是感觉到女人弱小好欺吧，他没再像上次那样找人家讨饭吃，而是像一个食客一样大大方方地坐到了饭桌旁。老板娘很快便给他端上来一盘菜，一碗汤，还有一大碗米饭。

对于已经快一天没有吃东西的他来说，这桌饭菜比山珍海味还可口。很快，他便如风卷残云般将饭菜吃了个精光。吃完饭，他还端着盘子不肯撒手，为什么呢？因为吃完饭就得给钱，他哪有钱给人家呀？老板娘跑过来好

几次，问他是不是还需要点什么，他只是一个劲地摇头。

终于，老板娘跑到别的桌上去了，他趁机拿起自己的破包撒腿就往外跑，跑出了好远，他才敢回头看一眼。可是，后面并没人追过来。虽然他的心渐渐地平静了下来，不再担心有人找他麻烦了，但他并没因此感到高兴，反而像有一种什么东西在隐隐地搅得他不得安宁。他知道，那是良心的煎熬，如果不将那顿饭钱挣回来，还给那个老板娘，他的心里一辈子都不得安宁。

第二天，他终于在附近的一个工业区里找到了一份工作。一个月后，当他拿着那顿饭钱要交给饭店老板娘的时候，老板娘竟然一脸的不解，他仔细地向老板娘讲述了当时的情景。可是老板娘还是一个劲地摇头。怎么办？她就是不肯收下自己的那顿饭钱！终于，老板娘"啊"地叫了一声说："我想起来了，我是记得有那么个人，跟你也长得挺像，吃了饭后就往外面跑，我还以为是赶公交车呢。"他高兴地说："那您就收下这顿饭钱吧！"

老板娘说："不，我还是不能收，因为我只记得你从饭店里跑出去，却不记得你没有给饭钱。"最终老板娘还是没有收下那顿饭钱。虽然只有区区几十元钱，但却像一座山一样压在他的心上。他决定，无论如何，自己也得还上这个人情债。他一边发愤自学业务，一边努力工作，几年后，他便升为了厂里的生产主管。这时，他想自己报恩的机会来了，他将厂里的职工餐全部交给了那家饭店的老板娘来做，当然，他自己不出面。很快，那家几乎倒闭了的小店活了起来。

又是几年过去了，他当上了这家工厂的厂长。而那家小店也由原来的小店变成了酒楼，附近其他几家小店却纷纷倒闭了。他当上厂长后，不但将所有工人的工作餐全都交给老板娘做，只要是生意上的客人，他都往那里带。现在，他成了有名的企业家，而那家小店也成了大酒店。而这一切，小店的老板娘却毫不知情。

他就是民营企业家李再延，这是他在一次做客当地电视台经济论坛时，给观众讲述的关于自己的一段亲身经历。

讲完后，主持人对李再延说："那家小店的老板娘真幸运，碰上了你这么个好人，如果她知道了这一切，她肯定会感谢你的。"李再延却说："不，要说感谢，也得我感谢她才对。因为这些年来，我完全是以她那种为人处世的态度，来经营我们工厂的，我的人缘之所以这么好，工厂的生意之所以这么旺，完全是她教会了我做人做事的道理。因为她用自己的行动告诉了我，每一个不求回报的人，都会得到更好的回报！"

多年以后懂得爱

王风英

8 岁以前,和所有的孩子一样,他有一个幸福美满的家庭。9 岁那年,他的父亲因病突然去世,从此他的生活蒙上了一层阴影。

不料,三个月后,母亲领回一个男人,并对他说:"以后叔叔就住在我们家了,因为我们家需要叔叔的支撑。"他愤怒地说:"不要,以后我能养家。你让他滚出去。""不许你这样跟叔叔说话!"紧跟着一个响亮的耳光打在他的脸上。他愣了片刻,一溜烟地跑出房门。

暮色四合,他蜷缩在一堆杂草里,心就像这黑夜一样黯淡,父亲离他而去,母亲有了别人,他的心像被刀割了一般,眼泪扑簌簌地掉下来。突然,他听到那个男人呼唤自己的名字,一个念头顿时在脑海里浮现,他决定教训教训这个男人。

于是,男人在寻他无果返回家时,便有了重重摔倒的那一幕。看着满脸血迹的他,拎着那条绊倒他的绳子进屋后,屋子里传来母亲的厉声责骂。他心想这个可恶的男人,就是成心来分裂他和母亲的感情的。

高中那年,因为学校离家较远,他住了校。那天,男人又来到学校给他送衣物,在宿舍门口,他接过东西后扭头就回了宿舍。一名同学好奇地问:"你父亲大老远来给你送衣物,你怎么连声招呼都不打?"他恼羞成怒地说:"我的事,不用你管。"同学也不甘示弱,大声对他说:"我偏要管!"于是,他与同学由争吵变成厮打,他抓起宿舍里的一把椅子砸了过去,顿时,同学的头上血流不止,昏倒在地。因为这件事,同学家长不依不饶地要求学校开除他。这让他更加憎恨那个男人,要不是他,自己也不会落得如此下场。

转眼间大学即将毕业，他和几名同学为写毕业论文一起回到家乡做调研。那些日子，他不愿回家，和同学住在招待所。这天，在石料场一个坡道上，他们看到一个腰弯得像大虾米一样的男人正吃力地拉着一车的石料，艰难地往前挪着脚步。

几名同学心照不宣，急忙跑过去帮男人推车。一直到上完了坡道，男人才扭过头气喘吁吁地说："谢谢！谢谢！"就在男人扭头的刹那，男人的眼睛与他的眼睛撞在了一起，就那样僵在那里。

他扭头一鼓气跑回了家。一进家门，他就迫不及待地问母亲："妈，那个男人不是有份不错的工作吗？怎么会去干那种活？他到底图什么呢？"母亲看到他突然回来，先是惊喜，而后才悠悠地说："孩子，他什么也不图，他只为了一个承诺，那就是用尽全力来爱你！""还记得那次他出去找你吗？你用绳子绊倒了他，摔得头破血流，可他从没有一句怨言；你上高中那年，他就从原单位辞了职，那工作虽然清闲但挣钱少，你要上学，我要吃药，所以，他从那时起就换了一份拉石料的工作；还有那年，你和同学打架，学校准备开除你，他背着你找到那位同学的家长，给他们跪下这才取得了他们的原谅啊……"说着，母亲从枕头底下抽出一封信。那是父亲临终前写给他的信。

原来，那一年，父亲患上了不治之症，母亲也被查出患上了 种慢性病，从此不能再干体力活。男人和父亲是工友，因为是个孤儿，到30多岁也没结过婚。就是在这个家岌岌可危之时，男人主动承担起照顾他们的责任。

一直到父亲临终前，父亲拉着男人的手说："我这一走，最放不下的就是他们母子，你能帮我照顾他们吗？"男人深深地点了点头，可父亲说："我的意思是，孩子还小，他不能没有父亲。"男人起初死活不答应，可看着父亲那双祈求的眼神，男人只好应允下来。为了让父亲走得安心，男人向父亲承诺，一定用尽全力来爱这个家。

看完了信，他早已是泪流满面，问母亲："为什么不早点告诉我这一切？"母亲说："开始的时候你还小不懂事，等你长大了，他却不让把信交给你，他说要用爱让你来接受他。""可是，这些年我却视这些爱而不见！还口口声声让他滚出去!"说完,他便发疯似的又跑了出去。

　　来到了石料场,远眺,寻觅,他终于看到了那个比"落满地面的尘埃还要低"的拉车男人。他几步就跨到了男人的面前。男人看到他,却吓了一跳,急忙卑微地低下头说:"你? 你怎么又来了?"他却上前一把抱住了这个男人,心痛到无法呼吸,无可名状,却又悔恨交加。

躲在黑暗里盛享阳光

侯拥华

　　每每忆起中学时光，我总有一种不堪回首的感觉。那时候，我不过是一个心智不成熟的少年，许多事情都不曾经历，却偏偏要承受上帝的不公，在突然之间遭遇那么多家庭变故与是非曲直。

　　刚上初中，记得有段时间，母亲总是一脸愁容。我上学之前与放学之后，从来没见到她开心地笑过，见到她的时候，她总是愁容满面不胜忧伤的样子。这让我大惑不解。渐渐地，我从父亲和母亲私下的谈话中，隐隐知道了原因。原来，那段时间母亲在为外祖父的身体日夜担忧着。外祖父身患食道癌，在疾病的侵蚀下，日渐消瘦，母亲却无能为力，这怎么能不让她忧愁和焦虑呢？

　　那个时候，我刚从一所农村小学进入一所乡村中学读书，像一只从鸟笼中突然被放飞的小鸟，无拘无束地疯玩了一阵子。可是，自从知道了外祖父的病情后，我再也快乐不起来了。那个爱我的、令我终生都敬重的老人，在我心中占据着重要的位置，可看着他面色憔悴，形如枯槁的样子，我心中有种无法言说的痛。

　　每日回家，睡不着，我便偷听母亲和父亲的谈话。他们低声谈论着外祖父的病情，以及到哪里治疗的话题。夜里，听着那些神秘的说话声，我的内心便被一种难以形容的恐惧包围了。时至今日，想起那些过往，内心还会紧张不安。

　　我知道外祖父患病的消息时，他的病已经到了癌症晚期。母亲整日里忙碌着送他到各大医院检查，还四处在民间求医问药。当然，大家都刻意瞒

着外祖父,不让他知道自己的病情。经过一段时间的奔波,面对当时还无法治愈的绝症,大家除了叹息与绝望,再无别的办法了。

在这样的氛围中,我活泼开朗的性格很快也变得沉默寡言了,心情和母亲一样的沉重。初中二年级,外祖父去世了,我伤心欲绝,母亲更是悲伤断肠。之后不久,曾外祖母和外祖母在一年之内也相继去世。母亲受不了亲人相继离世的打击,精神一下子崩溃了,整日喜怒无常、以泪洗面,身体也垮掉了。家里变得一团糟,父亲除了要做好十几亩地的农活,还要料理家务、照顾我和年幼的弟弟,然后从百忙中再抽出时间带母亲出去治病。

此外,父亲那时还是村干部,担任一些村里的管理工作,刚直不阿的性格也为他惹起许多事端。那段时间,有人找上门来吵架骂娘,也有人纠集家族势力想要动武。

家里家外简直乱翻了天,那时候,我感觉天真的是要塌下来了。我看着日日焦虑、坐立不安的父亲,内心更加惶恐不安,学业更是一落千丈。

很快,学校的老师找上门来,把我在学校的表现通通告诉了父亲。父亲这才知道,我每天在学校都是浑浑噩噩地混日子,白天上课昏昏沉沉一副没有睡醒的样子,交上来的作业更是写得一塌糊涂。那天,父亲把我叫到面前,当着老师的面狠狠训斥了我一顿。我在老师和父亲面前却是一副麻木不仁的样子,令他更是着急。

老师走后,父亲拉我坐下来谈话,谈到家事时,说着说着一向坚强的父亲,眼角竟然溢出了泪水。父亲动情的样子让我羞愧难当,我站在那里,把头垂下来,不敢再看父亲投来的目光。看我一直沉默不语,父亲停止了谈话,沉默了一会儿,忽然指着屋门口对我说:"儿啊,屋子里虽然照不到阳光,可是我们可以想象着院子里充足的阳光正照在我们心上。只要心里有了阳光,还有什么坎儿过不去呢?"

父亲的话让我一激灵,把头抬了起来。那一刻,我站在光线暗淡的屋子里,顺着父亲手指的方向望去,目光穿过狭窄敞开着的木门,我看见了一院子金灿灿正在跳舞的阳光,内心刹那间变得温暖明亮起来。

再后来，我全身心地投入到紧张的学习中，刻意去忘记家里那些不愉快的事情，让学习占据整个心灵，不分昼夜地学习。每当学习累了的时候，我便会想起父亲的那句话，仿佛自己真的就坐在阳光下享受它的普照，内心又生发出无限的力量。

因为勤奋用功，很快，我的成绩就进入年级前列。等到初中毕业的时候，我考上了当时人人都羡慕的师范学校。家里的情况也渐渐好起来，母亲的身体也已经好转了。

现在回想那些往事，我总免不了要感慨一番。感慨之余，我更要感谢我的父亲，是他教会了我如何面对困难。

至今，我的内心仍然有一个坚定信念：即便你身处黑暗，只要你愿意，你的内心仍然可以盛享阳光。

灵魂的芳香

侯拥华

下午和煦的阳光透过落地窗,轻飘飘洒在她身上。她羞红着脸站在柜台前,双腿并拢,低首含胸,背在身后的两只手不停地绞着腰部的衣服。那团衣布,很快就被揉得皱皱巴巴,不成样子。

"同样是学生,这素质差别怎么这么大呢? 如果你要看书,给我说,叔叔我没钱,下次还你。我也会让你把书带走的,即便你不来还钱也无所谓!"一个穿花格子衬衣的男人,铁青着脸,坐在乳白色的柜台后面,挥舞着手臂,絮絮叨叨。柜台上摆放着一台电脑,显示屏被分割成若干块的网状。

她看上去不过十三四岁,微胖的身躯,肥大的橘黄色汗衫罩到大腿的位置,一点也显不出少女婀娜的腰身。她只是低着头,只是双手在使劲绞衣服,一语不发。

"你怎么不说话? 是没话可说吧?! 我告诉你,我看得清清楚楚的。我这里面有监控。一切都在我掌控之中。"穿花格子衬衣的男人,嘴角飞快地跳动,唾沫星四溅。

她站立着的双腿开始瑟瑟发抖,泪水止不住从眼眶里流出来。

"叔叔,饶我一次吧……我真没钱。以后再也不敢了。"她嗫嚅着轻声告饶,脸涨得通红通红,声音低得像蚊子。

"没钱? 没钱就能偷? 都像你这样,我还想卖书不。别以为我不知道,你怎么做,我看得清清楚楚,监控里现在还有记录呢,要不要我调出来给你看——哼! 没商量,你给家长打电话吧,过来接你。"

男人吵得很凶,书店里不断有人扭头望过来,目光里全带着刺儿,在她

身上扎来扎去。她把头埋得更低了，一头黑发垂下来，像一块幕布，把整张脸遮得严严实实。

"不叫人，就别想走。"花格子男气急了，挑着眼睛瞪着她，露出一副不容商量的神情。

电话就摆在柜台上，触手可及。她只要想打，身子向前迈一小步即可。可她却怎么也无法鼓起勇气去迈那一小步，连抬起头的勇气都没有。

时间就这样缓缓流淌而过。不断有人从柜台前结账走人，陆续有人从店外又走进来看书买书。

她似乎成了店里的展览品，就那样静静地戳在那里，也仿佛成了一本活生生的书，被人用异样的目光反复阅读着。每被看一眼，她就感到身上又多长出一根刺。直至后来，成了一只刺猬，困在人群里，把身子缩成一团。

夜色降临的时候，店里变得空荡荡的，只剩下花格子男和她两个人。花格子男上下打量她一番，摇摇头，把头埋在柜台里算起账来，计算器在他手里"嘀嘀嘀嘀"地响个不停。

花格子男似乎算了很久才停下来。算完后，他脸上浮起浅浅的笑，而后知足地抬起头，猛然间又看到柜台前站着的她。他愣了一下，如梦方醒的样子。

现在，花格子男不得不重新思考如何处置她的问题了。他把手里的笔在手指间飞转了半天，也没想出个所以然，只好把头垂下来看书。

街区远处的灯光陆续亮起来。花格子男从柜台里取了一本书，从里面绕出来，拽着她的衣袖往外走。出了店铺，他转回身麻利地落下卷闸门。

她恐惧着，颤颤巍巍，极不情愿地跟在他身后。

街区不远，转角处，是一家饭店。灯火辉煌，人流涌动。花格子男拽着她闪身进了饭店。

"偷东西还得管你饭吃。你说到哪儿说理去！"花格子男一副极不情愿的委屈相，仿佛真要他管她吃饭似的。

她并没有随花格子男坐下来，她不敢，也无脸这样做。她就木头一般站在他面前,低首垂眉。花格子男要的是面食,饭很快端上来。他咂巴着嘴巴,把面吃得响彻云霄。

饱餐后,花格子男带她又折回书店。

书店里重新亮起了灯光。她依旧站在原来的位置,低头含胸,让如瀑的黑发罩住脸,依旧把双手背在身后使劲绞着腰部的衣服,把那一团布绞成麻花。

花格子男依旧坐在柜台后面。他搬弄着手里的书,思考着什么。

"算了。你走吧。下不为例。以后别再来,别再让我见到你。"花格子男抬了抬鼻梁上的眼镜,蹙着眉头,想了很久,又看了看表,才摞出一句。似乎是无奈之举。

然后,花格子男推她出去,哗啦一声,落下卷闸门,消失在夜色中。

那一晚,她是落荒而逃的,一路上泪水涟涟。她跌跌撞撞地走过灯火辉煌的街区,又糊里糊涂地钻进黑暗的胡同。当她推开家门后,才发现父亲和母亲已经坐在饭桌上吃饭了。她没有理会他们,直接进了自己的房间沉沉睡去。不久,父亲和母亲过来敲她的房门,敲得地动山摇,可她没开。

第二天清晨,她如旧,起床,整理房间,洗脸,刷牙,吃饭,然后整理书包去上学,仿佛昨天发生的事情与她无关。

她刚迈出门槛,却被父亲叫住了。

"闺女,把钱带上,需要什么就买什么。"父亲从皱巴巴的上衣口袋里取出了一张钞票,十元钱,塞给她。

她看着父亲,忽然想哭。父亲刚刚做了手术,瘦弱得像一片随时都会被风吹跑的枯叶。为了看病,家里早已债台高筑了,没钱治疗,父亲不得不回家硬撑着病弱的身体继续找活干。

"对了。还有一本书,送你。"父亲像变魔术,从怀里抽出一本书来。

书,崭新崭新的,只是封面有些皱巴。

她接过来看,泪水在眼眶里不停地打着转儿。那本书,昨天,她在书店里见过,而且还被她捧在掌心,揣在怀里。

她刚要张口。父亲却打住了她。父亲看着她，呵呵地笑。父亲说："书，是人送的。"

"昨晚，你刚回家不久，一个穿花格子衬衣的男子就跟了进来。他说，你在他书店看这本书看了一个下午，临走时，却没买。那么喜欢，却不买，一定有什么难言之隐。"

她抬起头，把嘴巴张得老大。

许多天后，她再去那家书店。发现书店已经换了老板。那个看上去很凶的花格子男，变成了一个穿白色 T 恤的年轻男孩子。新老板和她打着招呼，她冲他笑了一下。

书店里依旧人满为患，人头攒动，涌动着浑浊的气息。

可她站在那家小书店里，忽然嗅到了一股淡淡的芳香——那芳香来自灵魂。

一切都没改变，除了墙壁上多出的一条崭新的标语：读书是高尚的——可你却不能用龌龊的行为，去实现高尚的目的。

不是每一朵花开都需要理由

王国军

结 怨

我跟她结怨，是因为她动了母亲遗留给我的"奶酪"：一个布娃娃。那一年，母亲刚刚去世不久，父亲就带了一个年轻女人进来，打扮得花枝招展的，看模样不像正经人。

我和弟弟正在客厅做作业，女人一来，父亲就让我们喊雪阿姨，我和弟弟都鄙夷地转过头去。任凭父亲怎么呵斥，都无动于衷。无奈，父亲只好帮女人收拾房间。

我偷偷地从门口往里望，心却想，这个女人真的会住在我们家吗？那以后怎么办？爸爸还会像以前一样爱我们吗？

有一天，放学回来，我突然看见床边的布娃娃不见了，我急了："我的布娃娃呢？"她从厨房里闪进来："是我，我看着太脏了，所以就扔了。"我的气便不打一处来，仇恨瞬间占据了我的灵魂，上前拽住她的衣裳，扯着嗓门哭起来："你赔，你赔，那是妈妈送给我的五岁生日礼物。你赔给我。"她手足无措地站在一旁，等了一会，她忽然向外跑去，片刻又垂头丧气地回来了。

刚回来的父亲，问清了原因，把我拉过去，吼我去睡觉。离去前，我突然狠狠在她手臂上咬了一口，父亲生气地想打我，我早跑到房间里去了，而弟弟也相当配合地把门反锁了。

从那个时候起，我就开始恨上了她。她怎么能随意处理我的东西呢。

原以为，母亲走了，爸爸还会像以前那样宠我们，我甚至还跟伙伴们说，我爸这辈子都不会娶女人了，因为他是如此的舍不得我们。可是这个女人一来，什么希望都破灭了，爸爸整天就围着她(虽然他们没有办结婚手续)，也不再对我们嘘寒问暖了。爸爸也变了，变得冷酷和严肃，从他眼里，再也看不到以往的那种温暖和深情。以至于六一儿童节，她带我们去逛公园，我们谎称口渴，让她给我们买冰激凌，却趁机爬到了树上，看着她焦急地走来走去，到处问人，我们幸灾乐祸地大笑。她终于有些绝望地瘫坐到草地上，我和弟弟才有说有笑地迎上去，她一骨碌爬起："我的小祖宗，你们跑到哪里去了，把娘急死了。"我大声说："你不是我娘，我的娘只有一个，你永远都没资格。"她一张脸涨得通红，过了一会儿，她咬牙切齿地说："好，你们有种，有种从此自己把自己管好，不要我操心。"

很多人都围过来看热闹，我朝她吐了口唾液，抓着弟弟的手，扬长而去。

偷了爸爸的鞋

因为那一闹，我和她在家中的对立就更尖锐了。我死死记住了她的话。他们吃饭的时候，我和弟弟在外头玩，等他们吃完了，我们就去做饭，有的时候干脆在邻居家蹭饭吃。晚上，我和弟弟也从不踏进他们的房间。整个家，死气沉沉。爸爸一天到晚，都唉声叹气。好几次，爸爸走进我们的房间，见没人理他，又只好默默走开。爸的烟瘾也越来越大，常常一个人坐在门外，抽着烟，默默地望着远方，一坐就是一个晚上。

但这并不能减少我对她的仇恨，我从没喊过她阿姨，我是如此恨她，恨她从我们身边夺走了爸爸。

那次，她外出演戏，父亲就在家里等她。因为我作文比赛拿了全市第一，父亲的脸堆满了笑容。她回来的时候，带了很多礼物，我去开门，她顾不得进来，第一句话就是："文儿，我给你买了件新衣服，很漂亮的。"我嘴一翘，不屑地说："我有一件妈妈给我买的，我才不稀罕。"爸爸赶紧圆场："文儿，阿

姨也是一番好意,再说了,妈妈那件衣服都买了三年了,是该换件新的了。"我朝着爸爸生气地嚷:"爸,你怎么能喜新厌旧呢?你让妈在天之灵怎么安息?"话太重,爸爸的脸一下子变得苍白,他把手举起来,我却毫不畏惧:"妈妈临终前,你在她的面前,发过誓,说从今以后不再打我们,难道你忘记了吗?"她哭着往外跑,凄凉的背影,在秋风中一阵颤抖。

爸起身想追她,但找遍了鞋架,却只有一只鞋子。原来,弟弟早趁他去洗手间的时候,藏了一只鞋。爸爸只好蹲下来,低声下气地说:"文儿,你快告诉爸爸,另一只鞋子在哪,我回来给你们买肯德基。"我说:"妈妈说过,肯德基是洋垃圾,叫我们不要吃。"爸生气地站起来,也顾不着再找鞋,开门就往外跑。

和她一起住了这么多年,却从来没好好和她说过一句话,也没给过好脸色,有时,我在想,是不是自己做得太过分了。

她要做我的保护神

我上初三的那一年,学校通知要开家长会,爸爸正好到外地出差了,我只好厚着脸皮去找她,没想到她爽快地答应了。我看了她一眼,小心谨慎地说:"你要答应我,不能在老师面前说我坏话。"她应允了。

说坏话的不是她,而是老师。因为最近上课我表现一直不好,老师一股脑地全倒了出来。她不停地向老师道歉,说会加强对孩子的管教。出门,老师好奇地问,看你的年纪,不像他的妈,倒像姐姐。她亲昵地挽着我,说:"我怀他的时候,才十六岁。"老师"哦"了一声,尴尬地笑了。

跟她聊天,才知道她是外地人,被骗到这个城市"坐台"的,是爸解救了她,所以她一直心甘情愿地跟着。

那个时候,我已经明白"坐台"什么意思,可不知道为什么,心里都没有一点看不起她的意思。我说:"那你们什么时候补办个婚礼啊?"她一脸惊讶地看着我,那神情好像是听错了。我又重复了一遍,她突然紧紧抱着我:"文

儿，我真的没听错吧，你不再反对我们了。我真的太高兴了，有你这句话，我受再多的苦，也值。"

爸爸回来时，我找他谈判："雪阿姨都跟了你这么多年了，你应该给她一个名分了。"爸爸先是惊讶地望着我，继而一张脸僵在那，他有些束手无策地说："文儿，你这话说得，这是大人的事，你别瞎操心。"

她一直就在那听着，我出来的时候，她转身想进去，眼有点红，像是哭过。我喊她，我说："我肚子饿了，能不能给我烧几个菜？"那个晚上，我耳边总是响起她无奈又失望的叹息声。

因为最近治安不好，她劝我不要走小道回来，但我还是在一处偏僻的小道上被歹徒劫了，钱被抢去，还被打得鼻青脸肿。她心疼地给我擦红花油，然后说："明天开始，我来接你。"

她果真在校园门外接我，我出来的时候，她挽着我的手就往前走。之后的几天，都相安无事，但有一天，我们又被截住了，居然还是上回的那帮混混。她突然从包里取出一把水果刀来："要是有种，你们就放马过来。"

对峙了一会，一个小混混说："你有病啊，谁跟你玩命。"说完，灰溜溜地跑了。我们把这个故事告诉了爸爸，他躺在床上，笑得合不拢嘴，等了一会儿，他紧紧抓住我和弟弟的手说："孩子们，爸爸这些年对不起你们。"那个晚上，爸爸开心地给我们炒了一桌子菜，我敬了他们一杯酒说："爸，以后别抽烟了。我们都大了，不再是以前那个只会伤你们心的小毛孩了。"爸爸的眼里噙满了泪水，脸上却笑开了花。后来我才知道，爸爸之所以没有和她结婚，是怕我们反对，怕对不起死去的妈妈，我在想，如果母亲真的在天有灵，看到我们不开心，那才是真正的痛苦。

给她补办一场迟来的婚礼

我上高中了。由于课很紧张，我只好住校。她基本上每周都会来看我，带来亲手炖的鸡汤。寝室里的同学也很喜欢她，因为她一来，好吃的，大家都有份。

人真的是很奇怪，以前我是如此憎恨她，恨她抢走了我的爸爸，而现在却又是如此喜欢她，甚至在很多问题上，我都坚定地站在了她的一边。

几次和爸爸商量补办婚礼的事，爸爸都不表态，我知道，爸爸是嫌她舞女出身，怕人家说闲话。我说："她是一个很正经的很好的女人，何况人家把青春都洒在了我们家，再怎么着也应该给她个名分。"

爸不和我争执，只是默默地想着，论理，我知道他是说不过我的。

忽然有两周，看不到她的影子，我急了，连忙打父亲的电话，才知她回了老家。好好的，怎么说都不说一声就回去了呢？爸爸经不起我软磨硬泡，只好说出实情，她是被气走的。我说："那我请假去接她，我不能没有她。"爸爸惊讶地看着我，半晌才说："儿子大了，心都向着外面了啊。"我说："正是因为我不想向外，我才要这么说，我们王家，亏欠了她太多，我想，等把她接回来，应该给她补办一场迟来的婚礼。"

再见到她的时候，是在酒店。她穿着洁白的婚纱，出现在我的眼前，我笑着说："我今后是叫妈妈呢还是叫你姐姐？"她佯装生气地过来打我："别把我叫得那么老，我还没 30 岁呢。"爸爸就笑，眼角眉梢都是幸福的味道。

那天回家，我眉开眼笑地告诉她，清华大学自主招生的面试我过了，他们同意高考降 60 分录取。她忽然哭了。我说："哭什么呢？应该高兴才是。"她说："我就知道你一定会有出息，所以我一直守着你们家，不肯离去。"我说："以前是我错了，等我有出息了，我要买套大房子，好好地孝敬你们二老。"

她病房里的花都开了

高考的前一个月，她病了。因为忙着复习，我只看过她一次，她摆了一盆仙人掌在里面，她说她这盆仙人掌陪了她近 20 年了。她又说她一直喜欢仙人掌开花的样子，姹紫嫣红的，分外美丽。可我真的怀疑仙人掌会开花。

考试结束的第一天，我和室友买了香蕉去看她。忽然呆住，病房的仙人掌上开出了娇艳的花朵，尤其是一朵粉红色的花朵，直径有五六厘米。

我剥了一个香蕉，喂她，我说："仙人掌怎么会开花呢?"她却说："不是每一朵花开都需要理由。"

脑海中忽然像拍电影般浮现起这么多年的恩恩怨怨，我终于明白了她的意思，原来，爱，正如她对我的爱，我对她的爱一样，一直不曾离去，却也并不需要理由……

幸福其实挺简单

王国民

说实话,我真想不到竟会跟秦小慧住到一起。秦小慧是我的同事。乍听名字,好像应该是个很美丽又很有修养的女人,其实根本就不是那么回事。她矮得像个冬瓜,脸上还长满了蝴蝶斑,尤其是走起路来,一扭一扭的,男同事都戏称是皮球运动。但不可否认,她的代数课讲得很好,所以纵使在竞争如此激烈的学术界,她也一直都平安无事。

入住那天,我早早把东西搬来了,又很仔细地把房间整理得干干净净,忙碌了大半天,我刚坐下准备喘口气,秦小慧来了,大包小包地提了一大堆,就往门口挤。我来不及告诉她要换鞋,她便冲进来了,于是地上留下了一长串鲜明的泥土印记。

望着她那双也不知是什么年代生产的旧军鞋,我愣了愣,但什么也没说。我只是再次操起拖把,仔细地抹去她留下的鲜明足印。秦小慧显得有点不好意思,刚说了句谢谢,便被我摆摆手挡了回去:少来这套,你这号人我见得多了,也不知是上辈子欠了你什么,竟然会跟你住在一起。说完看着一脸窘态的她,我发出不屑的冷笑。

翌日,我正在写小说,秦小慧提了个开水瓶来找我。

"小姐,要不要给你打瓶开水?"

"不用了,我自己买了热得快,等下就烧。"我说。

"什么?"秦小慧吃惊地连退几步,一只手把手里的开水票捏得紧紧的。嘴里说道:"天啊,你知不知道热得快有一千多瓦,这样天天烧水,那要花多少钱。"

"这房间里的电费我一个人出了，这总可以了吧？"

"那不行，说好了两个人平分的，这是原则，懂不懂，我不能违背自己的原则做事。这么办吧，热得快给我，你的开水票也给我，我天天给你提开水。"

秦小慧不由分说地就从我的包里取走了热得快，又向我要所有的开水票。以后的每一天，她果然按照她的话去做了，而且很准时。

但说不清为什么，我对她仍没有一点好感，相反地，我对她是越来越讨厌了，我常常想起在这个世界上，原来女人还有这种活法的。

渐渐地，天气开始冷了起来。我便考虑着要买一台洗衣机了，但当我刚说起，她便惊讶地嚷开了，天啊，真想不到你们城里人竟然还有这种想法！

我冷冷地瞅着她。

怎么，难道我说错了，几件衣服有什么大不了的，洗洗不就得了，冷水泡泡手，还能强筋健骨。

真想不到还有如此荒唐的想法，我叹了口气，却没吱声。

要不，我给你洗吧。她见我一脸不高兴，语气也软了下来。

但秦小慧还是抱了我的衣服去洗了，我阻也阻不住。待衣服干的时候，我到底是忍不住和她吵了一架。原因很简单，她把我一件价值八百块的棉衣折腾得不像样子了。我赌气把棉衣向她一扔，便冲出了门。我打电话给母亲，说我实在是在这里住不下去了，我情愿到学校外面的农户家租间房子，我再也不想见到秦小慧了。

接下来的几天里，我一直不理她。秦小慧也有所察觉，每次经过我身边的时候，微微一笑，试图和我说说话，我都假装没看见。

一天夜里，我刚写完一篇小说，正准备睡觉，秦小慧突然坐到了我床上，小声询问："怎么，要搬走？"

我不说话。

别走吧，就算是我做错了还不行么？至于那件棉衣，我赔，我赔你钱。秦小慧左掏掏右掏掏，摸出了一大把钱。全是些一元五元的零钱，秦小慧很

认真地数了数，说："这个月还没发工资，这里有一百块钱，是我这两周擦皮鞋攒的，先给你，余下的发了工资我再给你。"

"不用了，"我冷冷地说："过两天我就搬走，我已经找到房子了，至于那件棉衣，就当送你好了。"

"咱们还算不算朋友？"秦小慧抬起头，一脸的沧桑。

"朋友？"我惊讶地望着她，想不到一个令我如此讨厌的女人竟自始至终一直把我当朋友看。我突然想起她为我做的那些事，我有些愧疚了，我又仔细地看着她，我第一次发现，在昏黄的灯光下，她的那张脸也不至于那么不中看。

她忽然靠在我的肩上哭了起来。我慌忙好言相劝，可是我越劝她哭得越凶。好半晌，她才止了眼泪，向我倒起苦水来。

原来，她的丈夫在几年前就因为车祸成了半个植物人，独生子也才10岁，这个家的重担就落在了她一个人的肩上，难怪她在学校里会那么拼命地工作，难怪她会那么省吃俭用，连一双皮鞋都舍不得买。但纵使如此，她那点微薄的工资还不够丈夫吃药，所以她才会利用一切闲余时间在社会上找兼职，难怪……

我深深地理解了这个女人，她不过才30岁出头，还是风华正茂的年纪，可是岁月的风霜早已把她磨得不成人样。她告诉我好几次给人家擦鞋，人家都喊她老太太，可是她只得忍住，笑脸相迎。

我忽然想起这么多年来，还没见过她的丈夫与儿子，就提出去她家看看，她显得有点迟疑，犹豫了片刻还是答应了。

于是，在一间破得不能再破的砖瓦房里，我见着了她的丈夫和儿子，都是一样瘦，还有一脸的傻笑。房子里除了两张床，一张木桌子外，什么电器也没有。可我还是待了下来，破天荒地在她家里吃了一顿晚饭。虽然只有两个青菜，一个汤，我却吃得很开心。

出来的时候，秦小慧小声说："真是对不住，家里没什么招待的。"

我摇摇头，同情地望着秦小慧，"真没想到，你活得这么苦。"

"不，我觉得一点也不苦。"秦小慧说："比起那些家破人亡的算是很幸福的了，我也很知足。虽说丈夫成了半个植物人，智商也只有七八岁孩子的水平，但至少每天回来的时候，我还有个说话的伴。我不奢求什么大富大贵，我只希望一家人能平平安安在一起，就算我再付出更多，也是值得的。"

后来，我再也没有过搬家的念头，跟秦小慧在一起的日子里，我学到了很多东西，自己也真正感到成熟了。以前，我吃肯德基的时候，以为很多人都会跟我一样在吃着肯德基，而不是像秦小慧一样啃着冷馒头当饭。以前，我在购物店挑着皮鞋时，以为这世界上的绝大多数人也跟我一样换鞋如喝茶，而不是像秦小慧那样十年间就穿着同一双旧军鞋过日子。

幸福其实挺简单，在秦小慧眼里，在我们的眼里应该都一样。大富大贵不是她想要的，她要的只是一家人能平平安安地在一起，就是如此简单。幸福，我无法忘记这个词语，就如我无法忘却这个女人给我带来的震撼。我相信任何一个人只要真正进入了她的生活里，都会有和我相同的看法。

秦小慧应该算是一座丰碑，至少我心里就这么想。

石缝开花

清　心

自生下来,她就患了"婴儿型进行性脊髓肌萎缩"。这是一种由常染色体感染导致的遗传性疾病。病魔潜伏在人体基因里,导致四肢残疾。更可怕的是,随着年龄的增长,病人往往会发生吞咽困难,最终因呼吸肌麻痹而窒息死亡。

北方的六月,草绿得青翠,花开得热闹。然而,她却只能歪着头,浑身无力地陷在轮椅里。医生断定她不会活过30岁。青葱的生命,尚未成长,便开始了残酷的倒计时。

长着一双手,却不能洗脸刷牙,也不能梳头穿衣,甚至连最基本的大小便,亦无法自理。眼看着母亲累弯了腰,愁白了发,她的心,山呼海啸般疼痛着,却亦是枉然。

她无数次地问自己,你什么时候,能不再拖累妈妈呢? 黯淡的夜,恍若梦境。弦月在空中伶仃地悬挂着,瘦得让人心疼。偶然闪烁的星光,似梦想在眨眼睛。她千遍万遍地幻想着,双脚站在地上的感觉。一边想,一边难过。清冷的泪,泅湿了开满红牡丹的枕巾。

长大些,极懂事的她,不再奢望自己能站起来。她想,生命如此短暂,我要跟死神赛跑,珍惜每一个屈指可数的日子。

没有读过一天书的她,在母亲的辅导下,自学了小学到中学的全部语文课程。接着,她又阅读了能够找到的,古今中外的所有文学作品。一次偶然的机会,她认识了文学编辑赵泽华。自此,在赵老师的鼓励和帮助下,似久旱逢甘霖,她痴痴地迷上了写作。十八岁那年,她的处女作《春恋秋》被《中

国残疾人》杂志刊用在卷首。此后，她的散文、诗歌、小说等作品陆续在《新青年》《中国青年》《三月风》等全国各大报刊上发表。2002年7月，她的自传体散文《命运是海，我是帆》，在北京《中国残疾人》杂志社和中央人民广播电台联合举办的"生命礼赞征文"中获得了一等奖。

为了减轻母亲的负担，女孩决定赚钱养活自己。于是，她排除万难开了一家书报亭。每天早晨，母亲推着轮椅把她送过去。朝霞中，她绽放的笑脸，似路旁盛放的鲜花，清婉芬芳。这个坐在轮椅里的女孩，唇红齿白，妆容精致，一头乌发，如瀑泻落在肩头。但凡相遇的人，都会情不自禁地回头看她。目光里，不仅仅有同情，更含了许多欣赏和敬意。

她这样的状况，能活下来已属不易，没有人在装束上过多地要求她。她却从不允许自己邋遢半分。她说，每个人，都是人世间的一抹风景。我要尽量，让自己美丽些，再美丽些。每天出门前，她都要艰难地配合着母亲，将头发梳理整齐，再画上弯弯的两道眉，然后，在苍白的唇上，涂上喜爱的玫瑰色口红。她一年四季，都穿艳丽的长裙。更多的时候，她会让母亲，给那双不会走路的脚，套上精美的小靴子。靴子很便宜，却一定是她欢喜的大红。靴尖上，镶着闪闪发亮的水钻，在阳光下反射出炫目的光来，竟生出煞人的惊艳。

文章发表后，她常会收到读者的来信。多的时候，一天竟收到了103封。由于精力有限，她无法一一回复。于是，她自费开通了"倾诉热线"。每天晚上，她都躺在床上，倾听每一位朋友的心灵私语。那宛若天籁的温柔女声，不知慰藉了多少因各式各样的遭遇，而浸泡在痛苦中的心灵。

她的右手不能动，只有左手可以稍稍活动一点儿。写作时，她只能将笔用皮筋捆在左手腕上。但即便如此，她仍是歪歪扭扭地完成了16万字的自传体随笔集《生命从明天开始》。这本书，在2005年，由朝华出版社出版。签售时，盛况空前。

她叫心曼。一个有着干净笑容、清澈眼神以及美丽心灵的女子。她在身体重度残疾的情况下，硬是通过不懈的努力，让自己在没有成长土壤的石缝中,开出了艳丽的花朵。如今,心曼已经32岁,超越了医生定下的死亡界限。现在,她与姐姐合写的第二本书,是关于爱情的长篇小说,书名叫《如果我能站起来吻你》。已由海迪姐姐作了序,即将出版。另外,心曼说自己还有一个愿望,就是想做一次电视节目主持人。

接受访谈时,面对亿万观众,心曼银铃般的笑,似晴日环山的水流花开,都是从心里淌出来的。主持人问:"遭遇这样的命运,你一定觉得很苦吧?"她却摇头,清丽的声音,似筝曲叮咚婉转着:"不,恰恰相反,我觉得自己的日子过得很甜。我的身体虽然残疾了,却遇到了赵泽华、张越、路一鸣、海迪姐姐等那么多愿意帮助我的人。这么多年,我一直活在爱里,活在对生命永不放弃的希望里。这些都是幸福的理由啊!"

眼睛顷刻被濡湿了。是啊,心曼说得对,幸福是需要理由的。当你为自己找到这些理由时,内心就会步步生莲花。人生所有的奋斗,不就是为了等待一朵花的开放吗?而心曼的生命之花,已经灿烂地盛开了……

弯路添景致，艺多不压身

李红都

那时，她还在技术类高职院校攻读磨具加工专业。

临近毕业，传来消息：一家生产大型轴承的公司将来学校招聘尖子生。据说，有幸到那里工作的人，收入都很丰厚。一时间，大家都更加努力地复习迎考，希望有机会应聘上这个资产雄厚的公司。

她很幸运，毕业考试名列前茅，作为仅被选中的三名女生之一，走进了这家向往已久的大厂。

可是，喜悦还没过，她便感到了来自工作的巨大压力。

这家公司生产的都是轧机轴承类的特大型轴承，之前那个车间是清一色的男性职工，这次虽然招进了三名女员工，却并没有特设适合女员工工作的岗位，她们三位还不到20岁的小姑娘，被分到磨工生产线上，看着面前足有几米高的俄罗斯产的大型立式磨床，隐隐有一种忧虑，悄然涌上心头。

每次换活，都是最令她紧张的时刻：不说其他备件，仅一只卡爪就有几十斤，用天车晃悠悠地吊起安装，绝对是力量的考验。看到别的男同志使使劲，推拉之间，很快就装好了，而她拼尽了全身的力气，还没安装到位，她急得泪水在眼眶里打转，常常搞得筋疲力尽，工装上沾满汗水和机床上的油污，才勉强安装到位。

顶着压力干了一年多，一同分去的另两位女生，调走的调走，转岗的转岗，车间只剩下她一个女孩子在那儿硬撑着。想想之前很多同学还没她考得好，工作却远比她轻松愉悦，她委屈得直想掉泪。

三年后，她终于有了机会，另一家生产小型滚动轴承的工厂需要工序抽

检员,她调了过去。这家厂也很大、很正规,繁多的工序让她又兴奋又好奇。

她似乎天生就是干检测工作的料,无论师傅教她什么,教一次,她就能学会,干起来得心应手。喜得师傅人前人后地夸她聪明。

有人悄悄"点拨"她:"有机会,就直接调个环境好些的工序,固定一个岗位,不用杂七杂八学一大堆,少而精,省时省力,不走弯路。"

看到好几位资深的质检员都是一个岗位一干就是十几年,她也暗暗地希望能固定在后道工序上干终检。

可是,领导却要求她一道一道工序地学,必须从前到后把全流程的检测技能都学会。

她被分到噪声最大的冲压工序当抽检,刚学会这道工序抽检要求,她又被调到软磨工序,后来,又去干基面工序的抽检……她的脑子几乎没有闲的时候,总是一样新工艺学会了,又被调到另一个工序学习新技能。看到其他资格老的抽检人员舒舒服服地固定在一道工序上,不必被要求着学这学那,她暗自叹息自己的路为何如此不顺。

师傅开导她:"你走的路有点弯,但是,你懂的也比别人要多一些啊。"她不置可否地点点头。

几年后,公司传来报考技师的消息,那时,她已取得了检测专业高级工的资格,就想试试运气。

听说技师考试考得范围很广,不止限于她所熟悉的那类产品的工序抽检。为了顺利通过考试,业余时间她便到其他单位拜师学习。考上技师,工资并没有同步涨起来,别人都觉得她费了那么多时间去学习,还交了几百元的报名费,实在不值。她也有些失落——是不是又走了弯路?

单位派她参加行业检查工大赛,比赛时遇到了特大型轴承检测方面的知识,好多选手因为没干过,不熟悉,在这个关上卡了壳,唯独她很快就检测出了结果,毕竟她有过三年生产重大型轴承的经验,知道大型的轴承是把仪器拿到机床上测量,这与其他小型轴承产品的测量方法截然不同。

更令她惊喜的是,检查工大赛实践操作涉及的范围很广,以前她所羡慕

的那些固定在一道工序上一干就是十几年的资深检查工，在测量不熟悉的工序产品时面面相觑，而她就知道这个活该怎么测量，塞尺怎么塞那个游隙。还有理论试卷，她也答得相当顺利：什么是轴向？什么是径向？桥尺如何使用？游隙如何测量……这些知识，报考技师时，她都学到了。

那一天，她欣喜地发现，原来，之前走的"弯路"让她看到了更多的风景。原来，多一份经历，就多一份经验；多学一点技能，就多一份优势！那一次，她从来自全国机械行业的七八十个选手当中脱颖而出，以理论成绩第一，实操排名第二，总分第一的好成绩荣获全国机械行业首届轴承检查工技能竞赛"机械行业技能标兵"的称号，并被评为公司第一批"首席员工"，她学习和钻研技能的劲头更足了。没过多久，凭着丰富的技术经验，她顺利地荣获市级"优秀专家"光荣称号，成为公司第一位当选专家的女工。

这位可敬的女工，就是洛阳LYC公司的技术专家王慧丽。如今，她已是一位深受众人尊敬的技术权威，那些被她抱怨过的"弯路"，在她看来，都成了一笔笔宝贵的财富。

原来，每一条弯路都是为了让我们看到更加开阔的景色，让我们历练出更开阔的胸怀和更有价值的人生。

当天使很忙很忙

张军霞

一

5 岁之前,他和别的小朋友没什么两样。早晨,妈妈热好香喷喷的牛奶,然后送他去幼儿园。晚上,爸爸在接他回家的路上,时常会买一堆他喜欢的零食。

然而,一场意外的车祸,使他的父母双双去了另一个世界,他虽然活了过来,却落下了右脚微跛的毛病。从此,他只能住在姑妈家里,尽管他们对他很好,他却总有寄人篱下的感觉。

他埋头苦读,终于考取了理想的大学,大二那年,他鼓足勇气,给一直暗恋的女生写了一张纸条。岂料,那名女生不但公开嘲笑他自不量力,还将纸条贴出来展览。

他感觉颜面扫地,从此一心扑在学习上,成绩一直名列前茅。毕业时,同学们都忙着四处找工作,他也应聘到了一家公司,以为只要付出汗水,就会获得丰厚的回报。不料,自己辛苦收集来的资料,被同事据为己有,还跑到上司面前打小报告,害得他差一点儿丢掉工作。

“也许,只有另一个世界里,才有公平和温暖……”一个周末的下午,他独自喝了一通闷酒,醉醺醺地跑到楼顶,想到天堂里的父母,不禁泪水盈眶,真想纵身一跃,结束所有的烦恼。

“哥哥,你也是来看栀子花的吗?”忽然,有个清脆的声音响起,他这才注

意到,有个八九岁模样的小女孩,正守着一盆生机盎然的栀子花。她甜甜地笑着说:"这是我用压岁钱买来的,偷偷藏在这里。明天,奶奶就要过生日了,我想送给她一份惊喜!"

他被小女孩的天真感动了。蹲下身子,和她一起守着含苞待放的栀子花,仿佛在守护一个纯净而美好的梦。

不知为什么,他忽然想起了姑妈。其实,她一直对他很好,所有好吃的,好玩的,总要先留给他,剩下的才分给表弟。还有,正是因为那个女生的嘲笑,才让他把精力都放在了学习上。至于那个同事,她老公失业了,公婆有病,孩子要上学,所以才急于得到更多的奖金吧?

这样换个角度一想,所有的烦恼,居然都可以烟消云散。终于,第一朵栀子花绽放了,小女孩兴奋地说:"谢谢哥哥陪我守着它,奶奶一定会喜欢这份礼物!"

他笑笑,心里却在想:我要谢谢你,用洁白的栀子花,唤醒了我心里的阳光。

二

上学的路上,她的书包又一次被抢。课本、文具盒,散落了一地,母亲辛苦准备的盒饭,也全都撒了出来。那个带头闹事的李小斐,看到她的饭盒里仅有一份白米饭,一根胡萝卜,更是忍不住大声嘲笑起来:"这简直就是猪食!"

她打不过她们,也不屑于多说一句话。慢慢地站起来,捡起书包,把课本和文具盒,一样样放回去。但那盒白米饭,已经沾满了尘土,无论如何也不能吃了,捏着那根胡萝卜,她忍了很久的泪水,终于潸然而下。

很小的时候,她就知道自己跟别的孩子不一样。人家都有爸有妈,而她从来没见过爸爸,也曾追着问,却看到一向坚强的妈妈,满脸都淌着泪。

断断续续,从外婆的口中,她知道了事情的梗概:当年,妈妈在城里打工

时,和一个男子相恋,结婚的日子都已经订好了,他却突然失踪了……

为了抚养她,妈妈一定吃过很多苦。因为,她看过妈妈年轻时的照片,一条漂亮的连衣裙,如瀑布一般的黑发。如今,她四处打短工,去夜市摆小摊,送快递,卖水果,只要能赚钱,什么活都干,整个人变得又黑又瘦,看起来比同龄人都要苍老。

她很懂事,心疼妈妈,于是拼命学习,每次考试都会得第一。因为,每逢那时,母亲脸上的笑容总是那么欣慰。

在她转学到这个班之前,李小斐一直是第一名,这个骄傲的女孩,不允许别人夺走属于她的桂冠,于是,经常在上学的路上,再三羞辱她。

如果将这件事告诉老师,学校一定会要求双方叫家长来。想到上次开家长会,妈妈因为没有一件像样的衣服而非常窘迫的情形,她决定要忍下去。那样,妈妈就不必到学校来。

但,这一次,李小斐太过分,居然扯坏了她的裙子,那可是妈妈用了好几天才精心缝制而成,是当成生日礼物送给她的。

那天回到家里,妈妈发现了裙子上的洞,居然顺手给了她两个耳光。

被同学欺侮,没吃到午餐,饥肠辘辘一整天。没想到,却等来劈头盖脸的打骂。她哭着跑出家门,躲到小树林里。哭着,哭着,居然睡着了。醒来,已是半夜,正当她被恐惧包围时,忽然发现,被她称为芭比的小狗,正静静守在身边,看到她醒来,立刻欢快地叫了起来。

原来,就算被全世界遗忘,至少还有一只小狗对你不离不弃。瞬间,她放弃了要轻生的念头。就在这时,她看到有灯光正在靠近,还有人焦急地呼唤着她的名字。原来,那是寻找了她大半夜的母亲,邻居,还有,李小斐……

三

在女儿查出患白血病之前,她是一个幸福的妈妈。

医生说,最好的办法,就是换肾,否则拖不过半年……仿佛置身于绝望

的沙漠，忽然看到了希望的绿洲。经过一系列复杂的检测，她的各项指标都合格，完全可以将肾捐给女儿！

就在这时，丈夫却冷冰冰地说："万一救不活孩子，又把你的身体弄坏了，以后日子怎么过？我不同意你这样！"说完，居然转身离去。

丈夫的无情，巨额的手术费，让她一筹莫展。但，想到病床上的女儿，她咬咬牙，鼓足勇气，四处求借，从几百元到几千元。就在她一点点靠近希望时，噩运又一次降临，就在她怀揣女儿的救命钱去医院的路上，突然遭遇歹徒，一万多块钱全被抢走了！

她不知道自己是怎么挣扎着走进病房的，最后看一眼亲爱的女儿，帮她整理一下被子。然后，绝望地站在七楼的窗前，就在她准备纵身跃下时，病房里的一个小女孩，忽然甜甜地说："阿姨，您尝尝这瓶饮料吧，特别好喝！妈妈说，等我病好了，还会给我买呢！"

她蓦然一惊：如果真的离开，女儿怎么办？自己已经是她唯一的依靠了呀！在吓出了一身冷汗之后，她赶快打消了自杀的念头。就在这时，有人推开了病房的门，居然是失踪已久的丈夫！原来，他这些天一直在四处打工赚钱，他握着她的手说："别怕，咱们一起想办法，没有过不去的坎儿！"

忍了很久的泪水，哗哗落了下来，就在一分钟前，她的世界还是一片黑暗。如果不是小女孩递过来的半瓶饮料，后果将不堪设想……

当我们遭遇人生的低谷，甚至绝望到走投无路时，往往会期待天使的出现。但是，请别忘了，还有很多人比我们更艰难，更需要帮助。于是，天使可能会化身为芬芳的花朵，忠实的小狗，甚至是半瓶饮料。那么，当天使很忙很忙时，请我们先自己照顾好自己，因为，只有那些怀着感恩之心行走的人，才能感受到来自天使的善良。

借 条

鲁小莫

徐敏是在驾车自助游时迷路的。下午五点多,她还在一条崎岖不平的山路上,打着方向盘,左拐,右拐,依然找不到来时的路。她看一眼熟睡的女儿聪聪,鼻尖上冒出了汗。心想难不成,今晚要跟女儿宿在野外? 转而又后悔,早上跟着旅行队的车走就好了。

正想着,眼前一亮:拐弯处不远,一幢草房赫然挺立。她差点叫出声来,不相信似地眨眨眼,没错,是幢小草房,虽破旧,但低矮的篱笆围成的院子,开满各色的花。刹车,锁好门,她走了过去。

当晚,陈敏和女儿就借宿在这幢小草房里。

草房的主人也是一对母女。母亲徐桂珍,女儿豆豆,居然跟聪聪同岁。豆豆瞪着黑亮的眼睛,有些胆怯,更多的是欢喜。

徐桂珍做好饭菜。饭菜虽简单,徐敏跟女儿还是吃得狼吞虎咽,好像从来没吃过这么好的饭菜。聪聪边吃边说,妈妈,下次带着帆帆和瑶瑶一起来吃。帆帆和瑶瑶,是陈敏朋友的孩子。陈敏笑了,问桂珍,怎么住在这里?这真是个世外桃源。又说,还是个天然大氧吧。桂珍只是笑,答,早些年,豆豆她爸活着时,在这里看山,我们就住在这里。后来他出了意外,去世了,我们也只能住在这里。徐敏听着,放慢咀嚼,环顾四周,这个房子,确实寒碜得厉害。

聪聪却喜欢上了这里。一到假期,就央求着要去大山里玩。于是徐敏呼朋唤友,带着一群孩子,开着车,奔赴大山深处。桂珍的家,成了他们的落脚点。桂珍家的水,是上等的矿泉水,桂珍家的粗茶淡饭,是"山珍野味"。

桂珍家的大锅煮出来的地瓜，大家吃得满嘴流油。聪聪有时给豆豆带来礼物，一个芭比娃娃或者一盒画笔。豆豆眼里不可遏制地露出欢喜，却后退着，说，不。聪聪上前，将礼物塞进豆豆怀里，说，咱俩交换，你的花篮很好看，给我吧？豆豆这才点点头。陈敏有时给桂珍一些饭钱。桂珍不收，陈敏坚持着，说，桂珍姐，我们在城里，花再多的钱，也吃不到这样的饭菜。又说，院子里的那些花种，给我收集一些吧，朋友们很喜欢。桂珍这才应着，忙不迭地收集去了。又将后院里的菜挖出，择好，用草绳捆成把儿，送给她们。下次再来时，陈敏看到豆豆的身上有了新衣，她的心里，有着淡淡的喜悦。

曾有一段时间，陈敏好久没有来了，因为聪聪上了一年级，功课比较忙。聪聪第一次考试就得了双 A，陈敏乐坏了，问聪聪，什么奖励？聪聪说，去看看豆豆吧，不知道她是不是也得了双 A。陈敏的心一沉，豆豆住在"荒郊野外"，不会没有上学吧。

豆豆上了小学。在豆豆家里，陈敏听桂珍述说，眼前浮现出一幕幕画面:清早，天蒙蒙亮，桂珍和豆豆就上路了。桂珍要送豆豆去七里外的村里上学。风很大，豆豆拽着桂珍的衣服，唯恐被大风刮跑。风在山里游荡，回旋，呜呜咽咽，似鬼哭狼嚎。桂珍和豆豆头皮一阵阵发麻，却坚定着脚步，一步又一步;夜晚，桂珍和豆豆从学校里赶回来，外面是瓢泼大雨，俩人的衣服全湿透了，打着哆嗦，书包却在桂珍怀里，滴水未沾……

好几次，陈敏差点掉下眼泪，为这对母女的坚强、勇敢。要知道，豆豆这么大的孩子，在农村，有很多还没上学呢。

陈敏在第二天早上离开。这一次，没有径直回城，而是到了豆豆上学的村子。转了一上午，找到一处空落的房子。主人已搬走，房子不算新，却很结实，有一个很大的院子。陈敏很喜欢。一打听，买下这幢房子才不到一万块钱。一万块钱，还不够她一年养车的费用。

房子买下了，写着徐桂珍的名字。陈敏又回城，买了些锅碗瓢盆日用品，并将这些亲手送到桂珍的手里。

桂珍却沉默了，自语般喃喃，大妹子，这叫我怎么承受得起。豆豆看着妈妈,眼里有快乐,还有一层迷惘。

晚上躺在桂珍家的大炕上。陈敏知道桂珍一宿未睡。慢慢地,她明白了桂珍的心思。这个女人,心里满满装的都是女儿。虽然书没有读多少,可作为一个母亲,她无时无刻不在为自己的女儿做出表率:坚强,自尊,不被诱惑所左右,可与此同时,她也知道,女儿豆豆,是多么需要这幢房子啊!

陈敏鼻子一酸,流下了眼泪。

第二天早上,陈敏当着两个孩子的面说,桂珍姐,这幢房子是我买的,以后我还会来度假,不过房子需要打理,平时只能靠你了。你能不能,给我打张借条。

桂珍的嘴张了张,慢慢地点点头,看着陈敏,眼里流露出感激。她明白了陈敏的心思。母亲的心,总是相通的。

借条写了。陈敏没有撕掉,而是放在一个小盒里。虽然她永远不指望桂珍会偿还。可是看到它,她仿佛看到一颗母亲的心。作为一个母亲,她感到自豪,为自己,也为桂珍。

第四辑

风落残花满地银

　　故乡的草花，你们诗意而又高贵的名字何时根植于我的心中？那些花儿不知何时已经退出了历史的舞台，怀念它们，就像怀念遗失已久的童年。今生今世，就算我的生活贫瘠而又荒芜，也总会有不弃的花儿，一季一季绽放艳丽的生命。

有一种爱情，相忘于江湖

云水谣

一

刚忙完新书签售会，我疲惫不堪地回到家里，洗了个热水澡后，打开电脑，进入加拿大华人社区论坛。刚打开，便看到有封站内信跳入眼帘。是一个叫 Anny 的男子，他说很喜欢我那些细水长流的文字，他的心灵好久都没有受到震撼了。接着他洋洋洒洒地给我提了一大串意见，最后他说，他是我的老乡，也来自湖南益阳。也许是欣赏他对文字的不同见解或者因为老乡的关系，我头一次回了一个陌生人的信。很快他又回过来，我再回过去……

我们就这样开始了交流，通过网络，彼此接触和熟悉。Anny 说话风趣幽默，不管我多么郁闷，只要他知道，几分钟内就能把我逗得眉开眼笑。Anny 最喜欢旅游，他在海外留学的三年里，基本上已经把半个美洲跑遍了。当听说我最向往尼亚加拉大瀑布时，他马上说："那我明年圣诞节在大瀑布旁的尼家酒店等你。"我微微一笑。虽然我们从没提到见面，但在内心里，我早把他当成自己生活里不可缺少的一部分。

二

母校要举行百年校庆，同学都接到了邀请函。一天，一个同学突然带了我的新书来找我。"也不把详细地址告诉我，害我到处找。"见我沉默不语，

他又说:"袁老师想见见你。住院的这几天,他连在梦里也念着你,我们实在看不下去了,就过来找你了,回去吧。再不去,也许永远都没机会了。"

我的心一抖,连忙问:"他没事吧。"

他说了两个字:"晚期。"

我忽然觉得眼前发黑,身体一阵趔趄,几乎跌倒在书桌上。没有多说话,匆匆收拾完,就跟同学一起去了机场。同学突然问起秋子硕的消息:"听说他现在在加拿大的一所大学里教书,混得很不错,你没和他联系么? 他可是在到处找你呢。"

我的心微微一惊,却没说话。因为秋子硕,是如此让我仇恨的一个人。

三

袁老师的病房就在 5 楼。我们跑上去的时候,走廊里已经围了很多人。看到我的出现,大家都兴奋地叫了起来,却有一个人迅速地转过头去。那是秋子硕。我装作没看见,风一般飘过他的身体,我明显感觉到他身体的颤抖。

我和秋子硕青梅竹马。从小学到高中,他都是我的跟屁虫,我到哪儿他就到哪儿。我说我要考北京某大学,那是我从小的梦,他说他要跟着我考,他不会让我孤单一人去北京。十六岁生日,他信誓旦旦地告诉我:"我已经长大了,我能履行我的承诺了,相信我,我会让你成为世上最幸福的女人。"

高三,因为大病一场,他缺了一个月的课。我天天放学后去给他补课。有时他看我太累了,就劝我不要来了。我固执地坚持着,我不想他的人生留下遗憾。

最后一次摸底考试,我出乎意料地排在了班上二十多名。而他却跃到了班级第一。为此,班主任把我狠狠批评了一顿。本来就为他补课弄得自己心力交瘁,再加上过大的心理压力,我病了。那个时候正是高考最紧张的时候,各科老师都在押题,秋子硕答应我,他一定把这一周来的上课笔记给

我带过来。但他最终没有过来。我在无奈和失望中，走进了考场。

我发挥失常，最终以560分的总分仅仅排在学校第二十名，他比我少一分。虽然考得不太如意，但我还是毫不犹豫地报考了北京那所学校。出乎意料的是，他如愿以偿地去了北京，而我却以一分之差名落孙山。后来我才知道，他的父母早替他打通了关系，最后一次模拟考试后，他拿到了本校唯一一个保送生的名额。据说，那个保送生的名额本来是属于我的，但因为他家送了厚礼，我的保送名额才被抢走了。

同学又告诉我，任课老师猜中了很多题，光历史一科，就押中了一道15分的综合题，而我答得并不理想。最让我痛恨的是，那个口口声声说爱我给我幸福的人，在最关键的时候却背我而去。

因为第二志愿没填，还是在袁老师的帮助下，我才进了一所二本院校，但这并不能消除我对学校的怨愤，对袁老师的恨。

上大学后，秋子硕曾经来找过我，却被我用扫把赶走了。我想，我和秋子硕之间是彻底结束了。

四

袁老师在里面喊我的名字。很轻。同学们推推我，我犹豫了片刻，低着头走了进去。袁老师的头发基本上已经掉光了。人也瘦了一大圈。他指着床边，示意我坐下。

"还对那件事耿耿于怀吧。说实话，我也能理解，一分之差，换成谁都难以接受。只是谁都没有想到……我知道你不想听，但你确实误会秋子硕了，他并没有你想象得那么坏。至少他父母帮他搞定保送生的事情，他压根就不知情。"

我静静地听着。袁老师教了我六年，我曾经对他非常敬佩，可那件事的发生，彻底改变了我对他的看法。

"我也有错，在重大问题上没能坚持住自己的原则，牺牲了本来属于你

的利益。这些年来想起这件事，我一直感到很惭愧。如果对我的恨能成为你前进的动力，那么我愿意担负起这个责任。"

我的心忽地一震。我没说话，默默地走了出去。那两天，我的心一直都在纠缠着。说实话，我并不是一个心胸狭窄的人，即使年少时恨过，怨过，经过这么多年的磨炼，也早已烟消云散了。现在回想起来，就算保送生的名额给了我，去了北京，我又能怎么样？能保证比现在的我幸福吗？我想不会，至少有一点，我一直对我现在的作家生活非常满意，或许在某种程度上，我还应该感谢他们。想到这，我立即给袁老师发了短信，我说现在，我不再恨他了，真的。放下电话，我笑了。

五

出版社突然来电话，说让我过去一趟。因为催得很急，我只好打电话跟袁老师告辞。袁老师说，有一个人也和你一起走，你一定要等他。半个小时后，忽然有人敲门。我一惊，是秋子硕。真想不到会是他。

他背对着我，显得很激动："我知道你一直恨着我。我没有阻止父母抢走本来属于你的保送名额，也没有及时到医院给你上课笔记。大一时，我到你们学校，本来想给你解释，但你没有给我机会。我父母替我走关系的事我高考前一周才知道，他们深知我们的关系，一直瞒着，你也误会袁老师了，他在保送生问题上一直在为你据理力争。"

"那天，我本来是给你带资料的，却不想路上出了车祸，我被车撞了一下。到了医院，缝了几针，我本想挣扎着去找你，父母死活不肯，还把资料给撕了。高考的那一周，父母一直守着我，他们怕你跟我抢名额。这些年来，对你我一直心存内疚，我时常梦到你在梦中诅咒我。是的，我知道我该死，但这几年来我吃没吃好，睡没睡好，如果上天要惩罚我，我想也够了。"

"你知道吗？很多人都问我为什么不找女朋友，都整整五年了，不是没机会，而是没人能替代你在我心中的位置。"

"原谅我吧,为了你自己,也为了我们……"

他缓缓地转过身子,而此时的我早已是泪水涟涟,秋子硕抱我入怀,我竟没反抗。我从心里彻底原谅了这个爱我又伤我的男人。

六

Anny 在社区里给我发了一封站内信,他说思索良久,他决定告诉我真相,他就是我恨了五年的那个秋子硕,并希望我不要介意他以这样的方式来接近我,他还说希望能在今年的圣诞节和我相约在尼亚加拉大瀑布的尼家酒店。我给他回了一个微笑的表情,事实上在很久以前,我就怀疑他是秋子硕了。

2008 年圣诞节,我飞到了加拿大。秋子硕也遵守他的诺言,特意请假来陪我。跪在耶稣的神像下,我忽然想,难道爱情真的可以卷土重来?

七

我以为我能融进他的生活。但事实上,我错了。他邀请我去他的学校,但当看到很多学生投来的异样眼光,我忽然无比尴尬,尽管他一次又一次地给别人解释,但那只能徒增我的难过。我开始想离开这里了。秋子硕试图挽留我,我们为此还争执了好几回。

"子硕,我知道你的好,但我们真的回不去了。"内心挣扎了良久,我终于说出了自己的心里话,"我不再是以前的我,你也不再是以前的你,我们之间相隔的五年,是一段永远无法跨越的鸿沟。我想得很清楚,我不适合你。真的。"

"可是这几年,我心里装的一直是你。"

"你那不是爱,你一直都觉得你对不起我,所以你想赎罪。这样的感情,从一开始就是不对称的。子硕,作为朋友,我希望你能找到真正属于你的

幸福。"

　　我决定去我最好的朋友那里。登上火车，我看见秋子硕拼命地追赶着，泪水涌了出来。子硕，你知道吗？也许从此我和我们的爱情将相忘于江湖，但我一直都会记得，曾经有一个女生为你活了八年，并且将会一直想念你，为你祈福，为你喝彩！

爱，在时光里柔韧穿行

王国民

一

我是在姨妈家认识谢小勉的。那一年，为了躲避计划生育，妈妈带着我和仅三个月大的弟弟，来到姨妈家躲难。她却站在门口拦住我们，我张口就嚷："哪里的野孩子，快让开。"姨妈闻声出来，妈妈连忙说："孩子还小不懂事，你莫见怪。"姨妈却怜悯地摸着我的头说："这孩子三年不见，还是那个脾气。不过，也好，有个性的孩子必有大出息。"我不敢反驳，一张脸却涨得通红。

她忽然抢走了我手中的娃娃，那可是我最心爱的礼物啊，今年生日时，我苦苦哀求父亲多日，才答应给我买的。我连忙去追，被妈妈用眼神制止了："你是哥哥，要让妹妹。"她站在楼梯口得意地说："就是嘛。一个男孩子，抱什么娃娃，也不害羞，送给我好了，就这样定了，好哥哥。"

我自然不会轻易答应，为了不被妈妈批，我跟她约法两章：娃娃可以借给你，但你保证要爱护它；还有在别人面前，你得喊我哥。看着她点头如捣蒜，我暗庆自己奸计得逞。

谁知第二天，她突然用棍子打我的屁股，我一骨碌从床上爬起来，揉着眼睛，迷迷糊糊地说："现在才几点，你催命啊。"她优雅地坐在凳子上："徐天浩，有你这么懒的人么？你可是天下绝种。"我不理她，说："姨妈呢？你吃早餐了么？"我边说边跑进厨房，发现餐桌上只剩下一堆蛋壳，我冲出来嚷："谢

小勉，你也太过分了吧，什么都不给我留。"她懒洋洋地伸了个懒腰，说："早起的鸟儿有虫吃，想吃，就不要睡懒觉。"我心里恨得直咬牙，却拿她没半点办法。

二

其实，谢小勉也不是让我讨厌的人。不疯不闹的时候，她就坐在那看书，静如天山上的一株雪莲。谢小勉并不是姨妈的亲戚，她父亲是一名海军军官，母亲是医生，因为太忙，她平常就被托付给姨妈照顾。姨妈的儿女都在外地，她非常高兴地答应了。这一照顾就是整整八年。

但我天生不是读书的料，看着她面前的那些书，我的头就晕了。初一的第一次期中考试，我是班上的倒数第一，她是正数第一。于是，我跟她开玩笑："我们都是第一，中间只隔着78个名次。"谢小勉就过来拿我的手："去看书，去看书。"才坐了一会，我起身："累了，我去打会儿篮球。"说着，抱着墙角的篮球就跑，谢小勉想来抓我，我从她的身边滑过去，气得她在背后大喊："徐天浩，你这么不爱学习，将来怎么办？"我朝她做鬼脸："我们家出一个秀才就够了。出两个，那是浪费啊。"

15岁的谢小勉已经出落得如出水芙蓉般清新靓丽，在学校里，她是公认的校花，自然，追她的人排成了长龙。但她总摆出拒人千里的冷漠。有些人不死心，来纠缠她，我只好用拳头帮她解围。中考的前一周，为了她，我被几个小混混打断了一根肋骨，躺在病床上，我突然问她："你到底喜欢什么样的男生呢？"她托着下巴，严肃起来："一米八，魁梧，让我有安全感。英语好，将来能帮助我出国。"我突然不说话，尽管我从没对她有过非分之想，但还是感觉心里很难过，毕竟我离她的要求相差十万八千里。

三

高一，我回到了自己的城市，没想到谢小勉也跟着我过来了，我有些惊

讶,她却撒娇似地说:"我不跟你,跟谁? 谁叫你是我哥啊。"有一天,她突然很认真地问我:"你会不会照顾我一辈子?"我摸摸她的额头:"你是不是发烧了?"她甩开我的手,背过身去。望着她不停颤抖的双肩,我的心突然有种莫名的伤感。

高二。我依然在玩我的篮球,而她正忙着市里的演讲比赛,不久后,她突然带了一个男生来找我,她让男生在外面等着,然后进来问我:"你觉得这个男生怎么样?"我头也不抬:"不行。"说完就爬到床上,不再说话。谢小勉注视了我半天,恨恨地说:"徐天浩,你是个大混蛋。"然后快步离去。

几天后,谢小勉又来找我:"浩哥哥,要不你也好好读书,我们一起考大学。"我眯着眼看着她,她清纯的脸在晨阳里晶莹剔透。她就站在我身边,那么近,我的心柔成了一汪水:"好。"谢小勉说:"徐天浩,我可不是跟你开玩笑。谁考不上,谁就是乌龟。"说着,便和我拉钩。

结果高考结束,我真的做了"乌龟",以十分之差,我与大学失之交臂。谢小勉以全市文科状元的身份,踏进了北京大学的校门。我和几个落榜的同学一起去读职专,刚交了钱,我就后悔了,我对妈妈说:"我去读补习,我希望重来。"父母当然对我的决定十分支持,我去找谢小勉,到了她家门口,我又折了回来。我忽然发现,我要是再不努力,我就只能以仰视的姿势和她对话了。

我不再是那个只懂得玩篮球的小伙子,年少的心在失败的耻辱中瞬间成熟,我开始静静地在房间里看书。谢小勉拎着一大堆复习资料来找我,她说:"哥,你这样做就对了。这个月我给你补课吧,不过我可是要收费的哦。"我一脸委屈地说道:"先欠着吧,等我有钱了,双倍奉还。"谢小勉用铅笔敲我的头,笑:"别那么铜臭,这样吧,你今天欠我人情,将来答应我一件事。"

四

我开始没日没夜地看书。谢小勉也会一周准时给我寄一封信过来,她

说她整天忙得要死，不是图书馆，就是社团活动，她又说，她接了两份家教，周末忙得连吃饭的时间都没有。信的这头，我看得哈哈大笑。谢小勉的信摆满了一桌子，我却从来没回过，只因离别的那一天，谢小勉附在我耳边说："哥哥，你要是学习忙，就不用回我。让我知道你平安就好了。"

寒假，谢小勉突然气势汹汹地来找我："徐天浩，你为什么不给我回信啊？"我嬉皮笑脸地说："是你说的，不用回的啊。"她连"哦"了几声，忽然用粉拳打我："叫你不回你就真不回了啊。"我愣住了，谢小勉的眼光有些湿润。

高考结束后，我终于如愿以偿地考上了省里的一所体育院校。国庆节的时候，谢小勉突然带了一个又高又帅的男同学来见我，看着男生对她照顾得无微不至，我想，这就是谢小勉电话里多次提到的那个喜欢他的好男人吧。

照例，谢小勉让男生待在外面，跑进来小声问我："这个应该不错吧。"我望了望在外面等得焦急的男生，忽然心生不舍，我很认真地说："小妹，人生的路上难得遇上几个真正对你好的人，你要珍惜。"却在心里说："谢小勉，你一定要好好的，别让我担心你。"谢小勉蹦蹦跳跳地走出去，看着他们手挽着手离去，我的心，忽然一冷。

大三，大家都在各自忙着事情，我很少和谢小勉再联系。那年七月，谢小勉突然告诉我一个好消息。她考上我们学校的研究生了，我忍不住骂她："好好的，不待在北京，回小地方，有什么出息。"她一脸委屈："这儿不是没有你嘛，我想你了，想回去了。我不管，我是你妹，你这辈子就得好好照顾我。"我有些哭笑不得："疯丫头，你不是有男朋友了么？再说，我们又不是亲生的，我能照顾你多久。"谢小勉在电话里哭了："不是亲生的又怎样，谁还像我们一样亲密无间？"

我的心，呆住了。我想，她是说对了。

还有，我觉得，我对谢小勉其实是有感觉的，要不然，当得知她有男朋友的时候，我的心怎么那么痛呢。

五

导师接了一个国家级的课题,我几乎每天都是泡图书馆,平常很少能看到谢小勉,只是在短信里彼此寒暄几句。那年的长沙,到处都是雪,我忽然担心她的身体,连忙买了台取暖器去看她。

她正在床上,发着烧,不清醒。我赶紧抱着她去附近的诊所,又是吊水,又是喂药。忙活了大半天,我也迷迷糊糊地睡去,醒来时,我忽然觉得手臂凉凉的,抬头,她看着我,眼睛肿肿的。见我醒来,谢小勉说:"徐天浩,你是存心要让我感动吧?"我没说话,只傻傻地笑。忽然记起母亲说过的,在南美洲有一种鸟,自从出生起,就相互依靠,互偎取暖,直至生命消失的一天。难道,这也是我和她的宿命?

研究生毕业,谢小勉去了深圳,她在电话里告诉我,深圳如何好,然后让我毕业后一定过去。

六

一年后,我在去深圳的汽车上,发生了车祸,从医院里醒来,我发现自己少了一只手,撕心裂肺的痛,却又无法逃避。出院后,我回到了老家。

谢小勉是一个追求完美的人,她十五岁说的话,我一直都深深记得。我给谢小勉发短信,我说我有女朋友了,我不过来了。之后,电话一直不停地响,我不敢接。我怕我在她面前无法做到狠心。母亲责怪我:"这么大的事,你都不跟她说,害得我都不知道怎么向她撒谎。"我没说话,眼前,却一片泪眼蒙眬。

一周后,谢小勉突然一脸沧桑地出现在我的眼前,我惊住了,爬起来就跑,谢小勉在后面喊:"徐天浩,你这混蛋,你还欠我一个承诺,就算你跑到天涯海角,我也要把你追回来。"

那晚，谢小勉喝得一塌糊涂，她说："徐天浩，我一直喜欢你，从8岁喜欢到25岁。现在我辞职回来陪你，你不可以对我这么残忍，知道吗?"我无助地用一只手抱着她，我说："对不起，我不知道，在你面前，我一直很自卑。我既没身高，也不魁梧，现在又少了一只手，我离你的要求十万八千里远。"她突然狠狠咬了我一口："徐天浩，那些年少轻狂的话，你还记得啊。"她又说，其实她一直没男朋友，那些她带来见我的，只是她的死党，目的只是想试探她在我心中有多重要。她还说："徐天浩，你怎么这么讨厌，总将我的心霸占得满满的，让别人一直都没插足的空间。"

我平静而幸福地听着，脸上已是一片汪洋大海，从9岁到26岁，我整整守护了她18年。现在我终于知道，我是爱她的，那些爱一直都在时光里柔韧穿行。现在我累了，需要一个依靠，所以上帝就策划了那场车祸，让我小小的心，在爱的温暖里，饱满而有力地绽放……

20美元的回家路

沈岳明

丹尼斯成长于一个单亲家庭,母亲病故后,父亲更忙了,他似乎永远都在工作。有时几天才回一次家,好不容易回来一趟,除了呼呼大睡,就是指责丹尼斯。

他常常冲丹尼斯大吼:"你为什么又没考好?"或者是:"丹尼斯,贪玩能出好成绩吗?"长此以往,邻居都知道丹尼斯是个顽劣的差等生。为此,丹尼斯痛恨父亲,他觉得父亲根本就不爱他,丹尼斯好想一夜长大,然后尽快逃离这个家。

14岁那年,他终于等到了机会。趁父亲熟睡,他从父亲的钱包里偷走了200美元,然后爬上一辆不知开往何处的货车。等货车停下来,他才知道自己到了旧金山,对他而言,这是一座相当陌生的城市。

他在旧金山闲逛了好几天,身上的钱很快就所剩无几。当他意识到自己只剩20美元,而这点钱只够买几个面包圈时,他开始想家了。夜幕降临,他趴在烤鸡店门口流起了口水,这时他突然想起了父亲。离家出走前,他曾买了一整只烤鸡给他吃。

"我要回家!"这念头一旦冒出来,就一发不可收拾。他跑到的士站,想乘车回家。他一辆辆地敲开车窗,可司机们仿佛对他视而不见,他们都不吭声,只是不屑地摇摇头,懒得搭理他。走到最后一辆车前,他几乎绝望了。

司机是一个满脸胡须的大汉,看起来凶神恶煞般。他的脑海中马上浮现出电影里那些杀人不眨眼的恶魔,所以犹豫了很久,迟迟不敢走过去。就在他徘徊不定的当儿,大汉却主动和他打起了招呼。

得知他要回加州，大汉不吭声了。当丹尼斯识趣地转身要离开时，他突然喊住了丹尼斯："喂，小伙子，你肯出多少钱？"

丹尼斯知道自己还剩 20 美元，于是他说："15 美元怎么样？"即使归心似箭，丹尼斯也得给自己留下 5 美元买个热狗当晚饭。

大汉很认真地考虑了一下，说："不行，最少得 25 美元！"丹尼斯壮着胆子小心翼翼地还价："18 美元，再多一个子儿我也不会给的！"

没想到，大汉竟然叹了一口气，他说："那就 20 美元吧，要知道，我可是今天的最后一辆车了。"

夜色渐浓，丹尼斯以迅雷不及掩耳之势跳上了他的车："快送我回家吧！"

车一启动，丹尼斯就开始想心事。等回到家，父亲肯定要狠狠揍他一顿，这皮肉之苦是免不了的。在他胡思乱想的时候，大汉主动跟他说话："喂，小伙子，你喜欢读书吗？"

这真不是一个好话题，他没好气地回答："不喜欢！"

"哈哈哈！"大汉爽朗的笑声在狭小的空间里令丹尼斯毛骨悚然，他紧张地问："你笑什么？"大汉说："没想到我们还挺有缘，和你一样，我从小就不喜欢读书！"丹尼斯没觉得这有什么可笑的，更不认为这是缘分，于是保持沉默。

"喂，小伙子，你喜欢打棒球吗？"大汉肯定很无聊，他又挑起了另一个话题。可丹尼斯实在没心情和他聊天，于是没好气地说："不喜欢！""那你肯定喜欢钓鱼！"大汉似乎并未察觉他的低落情绪，饶有兴致地继续发问。

"钓鱼？你怎么知道我喜欢钓鱼？"说起钓鱼，那还真是丹尼斯的最爱，他有很丰富的经验愿意和别人分享，虽然此时他的内心忐忑不安。

"哈哈哈，我说吧，我们还真是有缘！"大汉得意地笑了起来。"难道你也喜欢钓鱼？"丹尼斯好奇地问。"当然了，我可是远近闻名的钓鱼高手呢！"

这句话激起了丹尼斯的强烈兴趣，他睁大眼睛问他："真的吗？你钓的鱼最大有多少斤？"

"30斤！"他向丹尼斯眨了眨眼睛。丹尼斯惊讶地张开嘴巴，虽然他不喜欢眼前这个凶巴巴的大汉，可他却是一位钓鱼高手。很快他们就聊得热火朝天，丹尼斯像遇到了多年未见的老朋友一样，甚至将他离家出走的事、他和父亲的名字都告诉了他。以至于到了目的地，他们都感到意犹未尽。

下车前，丹尼斯递给他20美元："再见了，大叔！"大汉接过钱，冲丹尼斯做了个鬼脸："记得有时间来我家玩，我带你去钓鱼！再见了，丹尼斯，祝你和你父亲度过一个美好的夜晚！"

看到丹尼斯突然出现在家门口，父亲又惊又喜。他不顾一切地抱住丹尼斯，他发觉父亲的身体在颤抖。父亲声音哽咽地说："孩子，你终于回来了！"这时丹尼斯才知道，为了找他，父亲已经连续几天没合眼，他的眼里布满了血丝，整个人非常憔悴。

丹尼斯将自己的遭遇告诉了父亲，他惊讶地问："什么，从旧金山到这里有上百公里远，搭的士起码也要两百美元！孩子，你遇上了好人啊！"

很多年后，每当丹尼斯驾车前往旧金山，都会想起这件往事。那位大汉肯定早就看出他是离家出走的孩子，所以故意和他讨价还价，怕他不信任他不敢上车。丹尼斯想，当时的他肯定也有一个与丹尼斯同龄的孩子，看见丹尼斯漂泊在路上，他想起了自己的孩子。

也许，天下父亲的心都是相通的，而孩子们少不更事，只有经历过才能懂得这一切。

灵性翡翠

刘笑虹

那年去边境出差,他带回来一对翡翠镯子。

回来后,本想给母亲和妻子一人一只,可母亲说啥都不要,说是戴着这玩意做事不方便,让外人看见了还会说俗。最后就把这只给了老家家,也就是母亲的母亲。其实他内心知道,母亲也喜欢那玲珑剔透的物件,只是她心里还有一个八十几岁的老母亲,而镯子只有两个。

小时候他就听老人说过,佩个亲人给买的玉件能祛病消灾、辟邪生财、保佑平安。这样的一份亲情谁会愿意拒绝呢?

第二年,老家家在新装修过的客厅玻化瓷砖地上跌倒了,不幸的是那只翡翠镯子和她的手骨一起跌碎了。这也叫他领略了什么是玉碎。原来,这摩氏硬度本是7度的翡翠玉,平常连刀子在上面都划不出印了来,一旦受到重力碰撞,就会像玻璃一样摔得粉碎。

卧床不起的老家家一年后去世了。人说:玉随人走,人随玉全。这块美玉的结局似乎暗示了老人家生命的终结。

他的妻子戴着那镯子可就细心多了。本来买的时候就没有对着手腕去买,因为怕小了,就特意买大了一号。可回来一戴,就发现它有些"进出自由"。为此,妻只得常常捋上捋下地关照着它,有时他都看烦了,说:"你就把它摘了,包起来放着得了。"可妻坚决不同意:"玉可跟金银饰品不同,它有灵性,就得天天戴着,要不怎么能灵验呢。"

夏天里,妻就将玉镯缠上一圈彩色的胶丝,就像小时候,看见什么珍贵的东西都喜欢缠上彩布或胶丝一样。这样既缩小了镯子的内径,也同样还是好看,且不会叮叮当当地碰着乱响。

到了冬天,妻子就常常将玉镯套在毛衣袖子外面,紧凑又方便,还不影响镯子的美观。

可事情就出在这毛衣上。

这是老家家去世两年后的那个春天,这年春天也是来得早了些。一天,妻子觉得天气有些燥热,就顺手麻利地脱了件毛衣。可当这件钻脖的毛衣刚从她身上脱下来的同时,就清晰地听见"铛"的一声,这声音现在他想起来还是那么刺耳,还是那么惊心。在听见了妻子尖叫的同时,坐在里屋的他心也凉了,他知道,完了。

跟前一只一样,它也是落到地上就粉身碎骨。

两年后,他跟妻子离了婚。

为什么离?谁也说不清,是不是翡翠有灵性?但有做医生的朋友中肯地跟他说:"你们这么好的绝配都能离了,这都是更年期犯的错,跟什么碎玉没任何关系。更年期,是婚姻的雷区啊。"

可他和妻子都觉得那玉碎的声音才是地雷的爆炸声,也是他们生活所不能再承载的。

几年后又有一个翡翠镯子进入了他的生活。

他跟现在的妻子在一起生活也已经快有两年了,生活除了平淡似乎并没有太多的内涵,但有一点是两人都很忌讳的,那就是二次婚姻阴影。两人都怕新的婚姻会产生危机。

她也常听他讲起以前那两个镯子的故事。所以当他把这只翡翠镯子拿到她面前时,她是死活都不想沾它的。

听他说是在参观地质大学的矿物研究室,而且是经过专家推荐给买的、是真正的"A货"后,她仍然避之不及地坚持说:"还是给你老母亲吧,我不敢要。"

冥冥中他有感觉,他的确不敢冒这个风险,永远不会再给已经风烛残年的老母送什么镯子之类的玉件。但对现在的妻子,他心却有所不甘,他下意

识里就是想知道,这玉有这么灵验吗?

他对妻子花言巧语:"我们都是曾有过婚姻的人,哪会在乎这种迷信说法,再说了,一个好的婚姻是需要吉祥物来保佑的,如果你保护得好,它不就可以保佑我们生活平安吉祥吗?"

终于,妻子在他的诱导下,小心翼翼地收下了这颗"地雷"。

很长一段时间他都没在意,妻子先头并没有佩戴这玉镯子,而是小心翼翼地将它包裹好后,收藏在柜子里。可近来他却发现,妻子会时不时地将那翡翠镯子拿出来,有时戴戴,有时看看,并经常随意地就放在一旁了。

他终于忍不住说:"你还是小心点,这可是'A'货,不便宜啊!"

妻子有些诡异地笑笑:"你真的相信它是什么'A'货啊? 你拿去仔细瞧瞧,能看出它有啥问题吗?"

他调侃:"它有裂缝吗? 它断了、有瑕疵吗?"拿过镯子对着灯光看起来,可看了半天,看不出任何异样。

妻子将镯子拿过去,重新用绸布包上,说:"其实一个东西好坏不是你这样就能看出来的,这取决于它好在什么地方和坏在哪里。就像这个镯子,它其实是一个有裂隙的镯子,只是你不会在意罢了。"

看着妻子一副若无其事的模样,他有些慌张,从她手里抢过了玉镯,重新对着灯光查寻起来,可看了 N 次还是没有看出任何破绽来:"不会,你开玩笑,这可是经过专家鉴定的东西,不可能有像你说得那种情况。"他坦然地把镯子交给妻。

妻子没有正视他,轻描淡写地说:"这个镯子我找人到玉器公司鉴定过了,它不是什么'A'货,而是一种残次翡翠经过填充、着色后的'B'货,可我并不觉得这有什么不好,只要是你送我的,它有现在这个样子我就很满足了,我想,我们的生活不会因为一个玉镯子的质量好坏而改变。"

事后他才慢慢弄清楚,妻子因为太喜欢这个翡翠手镯了,而她更怕现在得来不易的安定生活因为一个镯子而改变,所以她想找人鉴定一下这个他从"专家"手里打过折买回来"水头十足"的上等翡翠到底价值几何。可没想

到,却被真正的专家发现了其中的猫腻。

　　原来,现在玉器行业里已经有了极其高超的修补、仿真、填充、着色技术,破损的玉能粘好,次品能仿造珍品,假货能做得跟真的一模一样。他之所以买回了一个炸不响的"地雷",那是因为他对玉单单只有一种情怀而并不具备品玉的知识。他只是在潜意识里想看看翡翠的灵性,而没有注重品质与灵性的内在关系。

　　是啊,我们的生活本身就不会是那样完整,大家也都不可能全是什么'A'货,也就不要老惦记着它有没有什么灵性了。人们现在都能将一只玉镯的裂隙、瑕疵修补的天衣无缝,何况我们人自己呢? 婚姻不也是如此,他和妻子都像是曾有过裂隙的玉石,难道就不能黏合得像原玉一样完美吗?

等待爱情的花期

郭超群

一

陌小北怎么也不敢相信这会是真的，直到她牵着高寒的手迈出医院大门的那一瞬间，她才确信这一切都是真的，站在她旁边的也的的确确是高寒。尽管四月的北京还是春寒料峭，但她知道此刻自己爱情的花期已经到了，花园里的花儿也正开得争奇斗艳。

事情还要从两年前说起，也就是陌小北读大二那年的八月份。

二

那年暑假，陌小北没有回家，而是参加了全国大学生支教团，一起去贵州山区支教。

到达贵州山区的第一天，当地的中学就特意为他们举办了一场欢迎晚会。晚会上，陌小北第一次遇见了高寒，他总是那么出众。晚会中，高寒被邀请上台即兴表演一个舞蹈。他优美的舞姿、轻快的步伐赢得了现场阵阵掌声，不知折服多少少女的心。陌小北内心深处那片最冰冷的地方似乎也被他的热情融化了一般，脸上也泛起阵阵红晕。

第二天，校长在会议室里公布志愿者的授课班级，陌小北一边漫不经心地听着，一边低着头看小说。"陌小北、高寒，初二8班。"校长念完这句的时候,陌小北心里好像被什么东西刺了一下,大脑里也是一片空白,手中的小说不觉滑到了地上。待了片刻才缓过神来,冒失地说了一句:"不好意思,我书掉地上了。"

会后,陌小北匆忙赶上高寒:"你好,我叫陌小北。很高兴能和你一起教一个班的学生。"

"你很喜欢文学吧,刚才我看见你在看《百年孤独》。"高寒淡淡地回道。

陌小北的脸顿时涨得通红,不好意思地点点头说:"刚才真不好意思,开会的时候把书掉在了地上。我十分喜欢文学,是我们学校文学社的副社长。你昨天在晚会上的舞蹈很精彩,你能教我跳舞吗?"

高寒点了点头,爽快地答应了。

那以后,两个年轻的志愿者在给孩子们上完课后,经常会在办公室里练舞。也常常引得不安分的学生躲在门外偷看。

看着孩子们的学习成绩一天天地进步,自己的舞步也在慢慢提升,陌小北的心中乐开了花。

短短一个月的支教生活就要结束了,告别山里孩子们的那天,学校也举行了一场欢送晚会,只不过这次是以志愿者为主角。陌小北第一次和高寒在台上表演了双人舞。舞台上,两个人配合默契,陌小北甚至能感觉到高寒的心跳,直到此刻,她才发现自己原来已经喜欢上了这个脸上时常挂着干净笑容的男孩。

三

支教结束后,陌小北回到南方小城继续读书,只是现在她的生活中已经不能缺少一个人了,他就是高寒,虽然高寒在支教结束后也回到了北京的学校。

每天晚上的电话,是他们之间无言的约定。每次在收到杂志社寄来的样刊后,陌小北总是又会把它们寄给在北京的高寒;高寒每次也总会把在跳

舞比赛中获奖的照片第一个发给陌小北。虽然少了校园情侣花前月下的甜言蜜语，但是陌小北一点也不羡慕他们，因为说不定哪天高寒就会给她带来一个惊喜，这反倒令室友们羡慕。

四

情人节那天，室友们都早早地打扮好和男朋友约会去了，只留下陌小北一个人待在宿舍。陌小北也不闲着，把自己精心打扮了一番后就坐在了电脑前，等着高寒的 QQ 头像亮起来的时候就给他一个惊喜。

然而室友都和男朋友约会完，兴高采烈地回了宿舍，而高寒的 QQ 头像还是没有亮，依旧是那么灰暗，比天空还暗。看着陌小北呆呆的表情，室友开玩笑说："今天高大才子又给我们漂亮的公主来了一个什么惊喜呢？"

陌小北没接话，把电脑一关，就躺到了床上，口中还不住地念叨着："好你个高寒，情人节你竟然不理我。那我也不理你，哼，气死你。"

然而令陌小北没有想到的是，三天过去了，高寒竟然还没有给她打电话，甚至连一条短信也没发。陌小北实在忍不住就给高寒打了电话，原以为他会慌忙地解释原因，没想到电话那头却是出奇的安静，安静得像冬天里的一抹云。聊了几句，就挂断了电话。再打过去的时候，电话已经关机了。

接下来的日子里，就再也没有高寒的消息了。再打电话过去，电话里总是提示"您拨打的用户已停机"。看着陌小北整天魂不守舍、郁郁寡欢的样子，室友好心地劝她："要不你再给高寒写封信吧？看看他到底怎么啦？"

陌小北狐疑着给高寒写了封信。然而半个月后，陌小北收到的却是一封装有高寒和另外一个女孩亲密照片的分手信。

小北：

我知道你很喜欢我，我也很喜欢你。但是异地恋真的很辛苦，有时候我想像其他情侣一样牵着你的手走在大街上都不能。除了你的声音，一切都是陌生的。照片中的女孩是我的新女朋友，她叫李涵，是我们学校艺术学院的。我相信你以后也会找到一个真正疼你的男朋友。

高　寒
3月28日晚

看完信,陌小北眼里的泪水再也忍不住了,趴在桌子上放声大哭起来。那封信以及照片也被她撕得粉碎。

那天晚上,陌小北破天荒地决定请所有室友出去海吃一顿。饭桌上,陌小北第一次喝起了啤酒,口中还不住地念道:"高寒,我到底做错了什么,你要这样对我?"室友都安慰陌小北:"小北,没事的。你没有做错,是高寒那小子对不起你。总有一天他会后悔的。你别太伤心了……"

陌小北喝得醉醺醺地回到宿舍,把高寒的照片全撕了、信也全部烧了,连高寒送给她最心爱的哆啦A梦的洋娃娃也被扔到了楼下。

那段日子,陌小北像丢了魂似的,上课老师说的内容一句也听不进去,社团活动也不参加,连编辑的约稿也不理不睬。

五

半个月后,在室友、朋友的帮助下,陌小北决定放下这段感情的时候,却又接到一个陌生女孩打来的电话。

电话那头,女孩急切地说:"小北,你还记得上次高寒写给你的那封信吗?"

陌小北本以为自己会大发雷霆,没想到却只是平淡地说了一句:"记得。"

"我就是照片中的那个女孩,我叫李涵。

其实事情不是你看到的那个样子的。

我根本不是高寒他们学校的,是他们隔壁师范学校的学生,更不是他的女朋友。

情人节的前一个周末,高寒去街上给你挑礼物,我那时也正在逛街。当

时一个小偷趁我不注意，想要偷我的钱包。恰巧被高寒看见了，他就帮我去追小偷。后来小偷随手捡起路边的一块砖头就扔向高寒，正好击中他的头部。后来小偷被抓住了，高寒被送到医院检查后，被告知，由于脑颅受损引起内耳神经受到严重压迫，可能这辈子他都不能再跳舞了。而我也就是在那时才开始认识他的。

一想到自己以后的生活，高寒就觉得对不住你，认为自己是你的累赘。所以才叫我冒充他的新女朋友来骗你的，还要我一直帮他保守这个秘密。

但是高寒真的很爱你，和你分手以后，他一直很痛苦，整天也不说话，有时候甚至拒绝治疗。半个月下来，人也消瘦了许多，我实在看不下去了，才瞒着他把事情的真相告诉你的。

你要是还喜欢高寒，请你过来看看他吧，他现在真的很需要你。"电话那头耐心地解释着。

六

挂断电话，陌小北立刻去火车站买了去北京的火车票。

到了医院，看到消瘦的高寒，陌小北含着眼泪说："你怎么这么傻啊。爱情从来就是两个人的事，我不要你一个人来承担。"

高寒像个犯了错的小孩似的点点头道："小北，我以后再也不会这样了。我怕以后我会成为你的累赘啊。"

陌小北破涕为笑："不会的，你从来就不是我的累赘，你一直都是我的骄傲。以前是，现在是，以后永远也是。"

直到此刻，握住高寒的手，陌小北才真切地感受到春天的温暖。爱情的花期虽然来得有点晚，但此刻爱情的花儿正在两个人的心中开得姹紫嫣红。

给我三天时间让我做个好老婆

流 冰

流 冰

一

男人牵着女人的手小心翼翼地下了火车,踏上苏州城地面的时候,2008年的雪刚刚收尾。

男人说:"要不是娘去世,咋样也不让你跟着我受苦。"

女人嗔怪着掐了男人一下:"说啥呢?"

男人又说:"我得赚钱,赚多多的钱,亏了娘亏了你,咱再不能亏了孩子。"

女人摩挲着肚皮可着劲儿点头。

二

男人靠手艺在一家建筑装饰公司谋到了一份木工活计,中、晚都管饭。活虽紧,却很稳定,一天能赚90块薪水,按每月30天计算,一个月就有2700元的收入,到了孩子出生的那天,除去杂七杂八,他们应该有1万多的积蓄了。

男人格外珍惜,早去晚归,甚至披星戴月。

女人每天待在十几平方的出租屋里,守着那台17英寸的黑白电视,日复一日看一个又一个韩剧故事里的恩恩爱爱。随着日深一日的寂寞,女人的肚子也一天天地大了起来。

累了一天的男人话语越来越短。晚上下工回来洗洗弄弄，一贴上床板就沉沉地睡了。

女人心疼，有一天晚上洗过衣服之后，实在忍不住就把男人推醒，说："明天你别在工地吃饭了，回家吃，我做好吃的等你。"

男人说："吃饭只有30分钟时间，跑到家就过点了。"

"那我做好送到工地去可好？"女人说。

男人笑笑："折腾啥？挺个大肚子来回跑，还让工友们笑话我。"

女人不高兴了，说："那你以后每月休息三天。"

男人瞪大着眼睛说："你疯啦！一天90块你还想歇着？找人顶班每天要出100块，说不准还丢了这饭碗。"

"来苏州你就没吃过几顿我做的饭菜，总是这样起早摸黑地干，太辛苦。"

"工地上的伙食好着哩，不辛苦。"

"可是我辛苦。"女人说着眼睛就红了。

"你辛苦啥？"男人坐起来，"你身子重，多吃多歇着别操那心。"

男人好一会又明白过来，接着安慰女人说："等孩子生下来，等工地的活轻了，我每月休息三天专门陪你，现在得抓紧赚钱。"

女人转过身子没再吱声，伴随着男人的鼾声，她的泪水悄悄打湿了枕巾。

三

男人上工去了。女人收拾收拾就跑到大街上找事做，但隆起的肚皮却让她连连碰壁。

女人垂头丧气往回走，路过住处附近的妇幼保健站时停下来，推门走了进去例行检查，却没想到意外地获得了一份工作：清洗保健站病房里所有的被套和床单。6个病房24个床铺，每三天更换一次。当时有个妇女正在为

这事跟站长讨价还价,女人就在一旁插了一句:"我只要 300 元。"说话的俩人都吃惊地望着她。女人担心因为她的"肚子"站长不同意,所以又补充一句,"我就这操劳命,一闲就憋得慌,反正是用洗衣机洗不费事,300 元之外你补贴 40 元水电费,啥事都好讲。"站长想都没想:"行,360 元,你明天就来顶班,按月结账。"

女人脸上有了笑容。等男人上工去了,女人就欢快地去保健站讨来脏被单,拿一小凳在门前自来水龙头下坐着,开始清洗,晾晒。等男人下工回来,女人的这一切已忙停当。

男人看了看坐在床上的女人,发现女人的精神明显好转起来,但气色却一天不如一天。男人就安慰女人说:"别急啊,闷得慌就常出去走走,等孩子出世了,我跟老板说说,每个月休息三天陪你娘俩。"

"你明天就跟老板说,从下个月头就开始。"

"那每个月就少了 300 多收入。"男人心疼。

"我省着用。不必要的开支我们省掉。"

"那不行,为了你为了孩子省不得。"

女人又说:"那我出 300 块买你三天可好?"

男人扭过头:"说啥呢?"

四

雪停了多日,天,依旧干冷干冷的。出租屋门前的水池边结了厚厚的一层冰。

这一天是男人结薪的日子。

男人上工时就给女人丢了话,晚上回家吃,让女人搞两个好菜,好好喝一杯。

这是女人来苏州后最开心的日子。为了赶时间,女人一大早就到菜市买了些菜,忙活了好一会,想起保健站今天要换床套和垫单,随便吃了口就转了去。

中午,天放晴了,太阳从天边微微露了些脸。女人端着盆子边走边唱着往自来水龙头那儿走,脚下一滑,盆子扔得老远。

女人重重地摔在冰地上,整个腰部横担在水池的水泥护栏上。

须臾,冰地上一片殷红。

女人清醒地意识到自己闯祸了,却一时喊不到邻居,忍着剧疼爬起来扶着墙壁摸进里屋,然后平躺下去,一动也不敢动……

<h2 style="text-align:center">五</h2>

男人回到家的时候,女人的脸像纸一样苍白。

女人气若游丝,说:"米淘好了,菜也洗干净了,可是,可是……"

男人打断女人的话,说啥哩,赶紧去医院。

男人去抱女人时,发现女人手里紧紧地攥着三张红色的100元钱。

女人在男人的耳边轻轻地说了两遍:"给我三天时间让我做个好老婆……"

因为失血过多,耽搁的时间太久,医院也无回天之力。实质上女人在去医院的途中就已经"去"了。

"要那么多钱干啥呢,要那么多钱干啥呢,干啥呢?"男人坐在医院走廊的排椅上,手里捏着下午刚领到的一叠薪水。

他的面孔像石膏一样僵硬,只有嘴唇颤动着,泪水丰饶地流过他的脸,落在他长久没有清理的浓密的胡须里,于是眼泪变成黑色的水滴,滴脏了他的白衬衫。

<h2 style="text-align:center">六</h2>

大街上依旧人流如织,每个人都行色匆匆,旮旮旯旯到处都晃动着忙碌的人影。

难舍那幢吊脚楼

龙玉纯

在那绵延几十里的群山之中，藏着一个毫不起眼、至今还只有一百来户人家的小村落。村落虽小但也有名——杨柳村，一个让人立即联想起杨柳依依、山清水秀的名字。杨柳村里少见杨柳，村名的得来并不是由于山里多杨柳树的缘故。小时候我曾听一位教过私塾的老先生讲，村名取自于《诗经》佳句"昔我往矣，杨柳依依，今我来思，雨雪霏霏"，前人希望这个有出处的名字能带来村落的兴旺。

村落里一百来户人家的房屋，大都零零星星地散落在山坡上、山坳里，站在山顶往下俯瞰，这些房屋就像那夏天雨后草丛中突然冒出的蘑菇，东一个西一个，高高低低大大小小各不相同。十多年前，这里的房屋清一色都是土砖木梁芭茅顶，很少有瓦顶的，让人一看就知道贫穷还是这里的主人。现在，通了电，通了水泥公路，有了电话，能看到有线电视，茅草房屋也就随之告别了历史舞台，红砖水泥砌的二层或三层的小洋楼便成了这里房屋的主旋律。今天，整个村落里也只有一幢砖木结构的房子了，那就是我家的老屋。

这是一幢与众不同的房子。它那湘西吊脚楼风格与村落里其他房子的差别如此之大，简直可以说是另类，让人一看便觉得房屋的主人肯定不是这里土生土长的人。的确，小时候听爷爷说，这房子是他在新中国成立前躲国民党抓壮丁，从湘西逃来这里几年后，在亲朋好友邻居们的支持下建起来的。它刚好建在一个山湾里，左边是山右边是山后面也是山，远看好像房屋正被山怀抱着。房子整个呈工字形，前面是一排四间住人卧室，分上下两

层，上层铺木地板，下层放柴草等杂物，外观跟现在电视里常见的吊脚楼一样；中间是两间过道平房，同时也兼作家具室；后面是一排四间大平房，分别是厨房、农具杂物间、粮仓、牲畜圈房，其中厨房里有一个灶台，有一方火塘。

这也是一幢让人羡慕的房子。在大山深处建这样一幢房子，虽然不算是太难的事，但对于当时还只能给地主家当长工的爷爷来说，也确非易事。通过他领着家人几年的辛勤劳动，再加上亲戚朋友邻居的大力支持，房子最后还是建起来了。无疑，这幢房子当时在我们大山深处的小村落里应该还算是很不错的，有人羡慕当然也就在所难免了。房子建好了，爷爷也为此累得落下了一身的病，可病归病，他一点也不觉得遗憾。听爸爸讲，爷爷在去世之前的那几天逢人就说，这一生他最后悔的是当年没有跟贺龙去闹革命，最自豪的是建了这一幢房子。后来更让村里人们羡慕不已的是，爷爷奶奶的十个儿子一个女儿，也就是我的八个伯伯、一个姑姑和一个叔叔，他们在新中国成立后都纷纷走出了这幢房子，走出了这个山村，成了建设新中国的工人、老师、干部、军人……只有我爸爸在家务农，现在还在与这幢吊脚楼为伴。其实我爸爸也曾有过走出山村的机会，可每次一想到渐渐年老的爷爷奶奶身边只剩一个儿子了，便最终下不了决心，只好收回总想迈出家门的脚。

这还是一幢让人从情感上难以割舍的房子。改革开放的春风同样也给山村带来了巨大的实惠，前后仅两年时间，乡村公路就通到了每家每户，祖祖辈辈用的油灯也被明亮的电灯所代替，电话、电视等过去被认为是城里人的用品也走进了农家。乡亲们大胆引进优良农作物和经济作物品种，并结合山区特点大力发展畜牧业……山村渐渐地富起来了。腰包慢慢鼓胀起来的乡亲们，首先想到的就是改变居住条件，于是，一栋栋茅草屋纷纷倒下，一幢幢小洋楼拔地而起。"楼上楼下，电灯电话"，过去书本上可望不可即的理想今天成了山村的现实。看到别的人家个个住进了小洋楼，我爸爸的心里也一阵痒，是不是也该把老房子推倒建座小洋楼？面对这住了几十年的老屋，究竟是新建，还是不新建呢？一股难以割舍的情感涌上心头，他想来想去，想了好久也做不了决定。于是他想到了打电话征求大家的意见，除了我的伯伯姑姑叔叔外，就连小字辈我的意见也洗耳恭听。至今我还记得很清楚，当时我刚刚调入北京工作，我告诉了他我的真实想法：老房子住的舒适程度并不比人家的小洋楼差多少，为什么要推倒新建呢？还不如把那份钱投入蔬菜大棚扩大生产。要把爷爷费尽心血建得这么好的房子推倒，我真舍不得，毕竟我在这幢房子里出生并长到十七岁。没想到伯伯叔叔姑姑们的意见和我的想法相差无几，爸爸也就最终打消了想推倒老屋新建的念头。其实从内心讲，他比我们任何一个人都更舍不得，他在这幢房屋里生活的时间最长（屈指算来就快六十年了），自然感情也最深，这幢房子实际上已经成了他心中永远的家。

今年春节，伯伯叔叔姑姑们从四面八方不约而同都回到山上过年，我也特地从北京赶了回来，顿时老屋里出现了久违的热闹与分外的喜庆。由于现在天各一方，每人有每人的事业与家庭，像这样一个不缺成员的大家庭相聚，机会实在难得。诉不完的亲情，讲不完的事情，你说我说他说，大家说个不停。出乎意料的是，大家彼此间说得最多的只有两个话题，一个是改革开放特别是近几年以来，全国各地各行各业发生的日新月异的变化；一个是想家，想念山上这个有着湘西风格老房子所代表的家，想念一辈子为人正直聪明能干的爷爷，想念善良贤惠家教严格的奶奶……

真的，要是现在爷爷奶奶还在世，他们看到今天这个景象肯定会笑得合不拢嘴。

父亲的敲墙声

石 兵

晚上十点，隔壁又传来了父亲的敲墙声，错落有致的敲击声在静谧的夜里显得格外动听，墙的另一边，儿子听着这熟悉的声音，脸上出现了一抹会心的微笑。

一旁的儿媳妇不乐意地说："又傻笑了，在我跟儿子面前，从来没见你这么高兴过。"

儿子连忙把手指放在唇边："嘘，小声点。"

父亲的敲击声一直持续了大约五分钟，正是一首歌的时间，儿子躺在床上静静听着，一直到敲击声停止，儿子才轻轻伸出手指，在墙壁上轻轻敲了几下，作为回应，隔壁又传来两下敲击声，然后一切都安静了下来。

二十年来，相似的情景已经无数次上演，这已成为父子俩的必修课。母亲去世，儿子娶妻，孙子出生，都没有阻止过父子俩的约定。

儿子的童年并不美好，三岁时，儿子就表现出非同一般的音乐天赋，他常常跟着收音机中的音乐起舞，小小的手指随着音乐节拍敲打不停。有一天，一位音乐老师偶尔见到了正在自家门口敲打节拍的儿子，一时惊为天人，他对母亲说，儿子的潜质惊人，如果可以，他愿意教儿子弹钢琴。但是，当音乐老师走入儿子的家门，看到徒留四壁的家和躺在床上百无聊赖的父亲时，却不发一言静悄悄地离开了。

相似的情景还曾不止一次重现过，儿子的音乐天赋没有被发掘出来，但父亲却对音乐表现出了浓厚的兴趣。他让母亲买来大量音乐书，开始自学起音乐知识，他还常常跟儿子探讨音乐，但是，渐渐懂事的儿子却毫不犹豫地放弃了对音乐的热爱,他甚至一见到父亲谈论音乐就立刻转身而出,回到自己的小屋一待就是一天。

家境的贫穷让儿子小小年纪便对人生有了清醒的认识,七岁时,他曾经悄悄跑到一家乐器店,在一架洁白的钢琴前呆立了许久,那钢琴真漂亮啊,如果把它搬到家里,自己一定会弹奏出无比动听的音乐,但是,他却知道钢琴标签上那个天文数字是自己家无法承受的,母亲没日没夜的辛劳也只能勉强维持家中的温饱而已,他根本没有资格拥有这个高贵的梦想。这时,他不由自主地有些恨父亲,父亲明明知道自己学不起音乐,还总在他面前谈论音乐,这真的不可原谅,希望父亲早一些停止这无聊的举动吧。

令儿子失望的是,父亲似乎真的迷上了音乐,儿子一回家,父亲就会自顾自地说个不停,说到高兴处,他还会用他那修长干瘦的手指在墙壁上敲击不停,那声音零散空洞,听在儿子耳中更是变得刺耳而充满嘲讽。

儿子渐渐长大了,他习惯了父亲的无所事事和痴迷音乐,虽然父亲敲墙的技术越来越好了,有时甚至会抑扬顿挫地敲上半个钟头,但儿子仍然提不起半点兴趣,倒是母亲喜欢上了这种声音,听到父亲有节奏的敲击声,母亲的脸上便会露出笑容,那笑容在母亲皱纹密布的脸上绽开,有一种说不出的滋味。

父亲注意到了儿子的反感,他眼中常常会闪过一抹伤感,更让他担忧的是,随着年纪长大,儿子变得沉默而敏感,这是很危险的事情,该怎么办呢?父亲若有所思。

儿子十六岁生日那天,父亲用手指给他敲了一曲《生日快乐》,看到儿子的脸色略有缓和,父亲小心翼翼地说:"孩子,我想跟你约定一件事。"

"什么事?"儿子有些不耐烦地问。

"每天晚上睡觉前,爸爸会在墙上给你敲一支曲子,你如果听了,就敲敲墙回应一下。好吗?"

儿子下意识地想拒绝,但看到父亲一脸的紧张和母亲一脸的祈求,他犹豫了一下,点点头答应了,但他接着又提出了自己的要求,希望父亲除了晚

上敲一支曲子，其他时间就不要再谈论音乐或是敲打墙壁了。

从此后，父亲一直忠实履行着这个约定。在夜深人静时，父亲的敲打声总是会准时传来，起初，儿子仍然会焦躁不安，但渐渐地，一切都发生了改变。

夜深时，听着父亲有节奏的敲墙声，儿子的心境竟然渐渐地平和下来，那敲打声让寂静的午夜具有了某种震慑人心的力量，它似乎把暗夜中隐藏的真实逐一显现了出来，让儿子有了面对内心的勇气和力量，他渐渐陶醉其中，想起了许多尘封的往事。他想起童年时自己坐在父亲肩头开心地笑着，他想起父亲健壮的手臂是那么温暖而安全，他想起躺在床上的父亲在午夜里悄悄落泪，众多往事纷至沓来，让他清晰地看到了一个一直被忽视的父亲，突然，他的心猛然颤动了一下，他想起了如今正在隔壁用心敲打墙壁的父亲，紧接着，这种颤动剧烈起来，终于，儿子心灵最深处那最柔软的所在被触动了。在简单的敲击声中，他听到了许多东西，有倾诉，有痛苦，有坚强，还有一颗父亲博大而脆弱的心。

儿子十八岁的时候，积劳成疾的母亲去世了。弥留之际，她拉着儿子的手说："别怪你爹，他心里比谁都苦，但是，他答应过娘，不能走在我前面，现在，我要你答应我，让你爹好好活下去。"

母亲走后，儿子哭着把父亲从床上背起，把他背到母亲坟前，父子俩抱头痛哭了一场。那一刻，他终于能够正视自己的父亲了，虽然，父亲在他三岁时就因为一次事故失去了双腿，但父亲对他的爱却从未有过一丝残缺，想起心如死灰的父亲强装笑颜与他谈论音乐和敲击墙壁，他的心中总是充满了深深的愧疚，他知道，那是父亲在用自己的痛苦为他带来生活的希望。

以后的日子里，他习惯了每个夜晚听隔壁父亲的敲墙声，后来，听众里多了他的妻子和儿子。

儿子曾经问过他，爷爷为什么要敲墙呢？他回答，那是爷爷和爸爸的约定，爷爷是在用墙弹奏音乐呢，你听，爷爷弹得多好听啊，比世界上任何一种乐器都好听，因为，爷爷是用心在弹，弹的是一首叫作爱的曲子。

十月，清欢

何红雨

十月的午后，我想起一个美人来。

长长的发辫，总会编成麻花的模样，然后，搭在胸前，一个或者两个，也时常出去散步。

那时候，大约是五年前吧，我和她总会在午饭后出去散步。

也许是出于对自尊的维护吧，不如她漂亮的我，在她第一次邀请我一起去散步时，竟拒绝得非常坚决。以为她会泄气，不再邀请我，然而，她却仍旧坚持，并且连续六天都邀请我——走吧，出去走走吧！

她这么说的时候，眼中满是真诚的温情。而她的声音，也是非常好听的，温软而轻柔，恰似秋阳中的一朵美丽亦无限娇艳的花儿，在你看到的时候，总会感觉温暖和惬意。

就这样，在她第六天邀请我的时候，我终于微笑地冲她点了头。

出去走，确实分外美好的。

天空蔚蓝而深远，是秋呀。所以，天空会显得异常高远。云朵洁白且轻柔，细细看时，它们总是轻飘飘地移动着。

在一朵清雅素净的白色花儿前，我们站定。

走吧，她说。

可是，我并不想走，因为这朵花儿非常美丽，就像漂亮雅静的你一样……

我这么说的时候，她有些不好意思地笑了。

可不是吗？眼前的她给人的感觉就是这样的，清雅而素净，是完全的美

好和舒适。

那天以后，她在公司的那段日子里，我们总会相约在每天的午后出去散步。

许多花儿谢落，又盛放了。许多草色由枯黄转为新绿。天空也渐次清亮幽蓝起来。

可是，有一天，她却说——奶奶病了，我必须要回老家了。

送别的时候，正是北方一年中最冷的季节。漫天的雪花飞舞着，在呼啸的北风中，她和我做了最后的拥抱。在那个时刻，我感觉自己有些想要落泪了。可是，看到她依然微笑着，很从容很坦然的样子，我便硬是将欲流出眼眶的泪给忍了回去。

在雪中，她愈加美好起来。一袭宝蓝色的长款羽绒服将肤色净白的她衬得愈加灵动，而那些不断飞舞的雪花，则是盛放在她身边的圣洁花儿，一朵朵，一朵朵地，安静而悠然地飘落。在等车的那近乎半小时里，我疼惜地将自己的帽子和围巾卸下来给她，但是，她笑着拒绝了。不冷，真的不冷。她笑呵呵地说，声音依旧那样温柔动听，笑容也依旧那样甜美可人。

于是，在她登上列车的时候，她便成了那天那个北方车站中最美丽的人儿！白白的雪花将她的乌发莹润得亮晶晶的，即使天色已经接近黯淡，但，她的那丝丝缕缕闪着莹润亮光的黑发，也依然是我眼中最美丽的风景，在那个漫天飞雪的寒冷冬天。

以为一切的美好还在后面，以为这次分别还会有更美好的相聚。

可是，一切都成了永远。

所有的，关于我和她的美好，所有的关乎她的美丽便在那次告别之后幻化成了疼痛、苦涩亦永久的记忆。

是在半年后的一天，听到了她"离开"的消息。

那是个雨天，亦有冷风呼啦啦地吹着。她去银行取钱，要给医院里等待手术的奶奶缴费。可是，就在她走出银行不久，就被一把冰冷的匕首戳穿了后背。那是一个丧心病狂的家伙，为了还赌债而不择手段地抢劫，而她，亦成为被那个无耻歹徒凶残杀戮的又一个遇害者。

听说，她倒下去的时候，殷红的鲜血染红了她纯白的毛衣，而她手中的那把满含浪漫色彩的紫色花伞，则在风雨中飘飞而去……

是她的一个表妹告诉我的，这关于她的死讯。

在整理她的遗物时，发现了她的那个粉红色日记本。而翻开的几页中，竟记录着她与我一起散步，一起欢笑，甚至最后别离的许多场景。

"——所以，我才找到了你。好姐姐，我想，唯有你才是她短暂生命中最要好最贴心的朋友。所以，我要代她感谢你。谢谢你给了她生命中一段最美好的时光！"

她的表妹说到最后的时候，也如我一样难以自已地流下了悲伤的眼泪。

从未想过，有一天，平凡而淡然的自己，竟然如此这般记录在别人的日记本中。而一想起那段美好难忘的日子，竟也满是自责。我真后悔当初自己一次次地拒绝了她，否则我们一起相处的那段时光就会更久更长。

人生中，许多美好还在的时候，或者我们都不曾感知，也并不懂得珍惜。而一旦，那些美好忽然走掉，我们也才终于明了——生命中的每一段光阴其实都是分外美妙的。即使凄风冷雨，即使酷暑难耐，即使坎坎坷坷，即使艰难跋涉……纵使属于我们的每一段路都布满荆棘或者冰冷孤绝，在我们的身边，也总是会有着某些无限美好的景致。你的一次虽不尽甜美的笑容呀，都有可能会温暖一个人的心房。人与人之间，永远都不该互相漠视或者疏远，哪怕今生的交往清淡如水，亦是非常难能可贵。

有谁能预知未来？

没有，没有谁。

所以，把握好生命中的每一段历程。让生命中的每一朵花都尽情盛放，亦充满温情，予他人更多的温暖和快慰，才是人生感觉幸福快乐的事情。

十月的阳光很美，一切都依然清淡悠远。

在午后的温暖阳光下，我独自漫步于曾经和她一起走过的地方，亦再次看到了那朵美丽、清雅、素净的白色花儿。

再次站定，我的眼前，是无限美好的花儿和她无比美丽的模样。

十月，清欢。

我喜欢，我亦怀念。

清欢，即是她的名字。

——一个我总会在十月的午后，想起的一个美人。长长的发辫，总会编成麻花的模样，然后，搭在胸前，一个或者两个，也时常出去散步……

可是，她却已经离我，远去。

冬无言

子 薇

人至中年,才渐渐懂得了讷言的魅力与聒噪的讨嫌。无言,在这里,是少言寡言或者干脆就是讷言的意思:犹如林语堂所推崇的——绅士的演讲,应该像女人的裙子,越短越好;又好比王家卫的电影画面,极其简约,你是一个镜头都不能错过的,否则,便会陡然生出衔接不上的窘迫;若以行文比拟,冬季深谙留白的技巧,你若是懂它,往后想象展望,那便是铺天盖地的丰美景色——千里莺啼绿映红,水村山郭酒旗风。

简约的人事物景,是我所喜爱的,与冬相若,冬天寡言少语,可以一语道出本意的,绝不多出一个字。当然,在行文上,多数饶舌的,都是因为功力不够,原本可一言以蔽之的,却繁复了好几个回合。萧红的文风颇有饶舌之嫌,但她的绝妙之处在于,你读她那穿梭忙碌的文字,一点都不觉得不耐烦,那是一个天真可爱的小女孩在我们面前稚声稚气地叙说,让人或者陪着她笑,或者陪着她哭,极富代表性的文字,在茅盾作序的《呼兰河传》里,人是有气场的,万事万物也都是有气场的,繁复的文字正好暗合了肖红的气场,滋生出无边的繁华和绚丽。这是她的修为而致,也是缘之一种。

我喜欢方方正正简约端庄的汉字,它们一点一点无序地走进我的灵魂深处,给我以慰藉,给我以呵护和温暖,尤其是这样的寒冬。不敢想象没有文字的生活,我是否会疯掉。对于文字,我可以不写,但绝不能不读。床头总摆着几本书,隔阵子便换了脸孔,没有喜新厌旧的意思,只是,我如同一个赶路的人,我得往前走,往自己没有走过的地方走。有些汉字在芜湖地名里的铺排组合,简直令人击掌叫绝,如宝塔根、箱子拐、扁担河、火龙岗、凤鸣

149

湖、龙窝湖……倘若将它们译作别国语言，还有什么风采可言？大约如同一个美艳水灵的女子，不小心迷失在了茫茫荒漠里，只剩下憔悴支离，还有不安和惶恐。

植物的芬芳都被收敛折叠进土壤里，深冬，让人怀念近乎荒芜着的田园——麦子油菜的种子，睡在土里，正蕴藏力量，蓄势待发。我们百无聊赖，少不了拿山芋去消磨大把的时光——单位食堂里的中餐，除了饭菜，蒸透的山芋业已隆重登场：山芋片煮稀饭；火烤山芋；山芋粉搅成糊用油煎了待冷却切成块，红烧排骨抑或放进牛肉火锅里任其四下翻滚；煮熟的山芋去皮捣碎摊薄，切成条或角，晒干炒熟，又脆又香；柴火熬制山芋糖稀，它是炒米糖、芝麻糖、花生糖、糖豆子不可缺少的配料……

冬天的水也在做减法，它是于不知不觉间被风干的，江河湖海里的水一寸一寸地缩下去，我们的皮肤总是没完没了地缺水，唯有鼻涕匪夷所思地多起来，一不留神便不自觉地淌下来，年幼的孩子全无美丑概念，拿袖子一擦，或者干脆伸出舌头去舔，竟至嘴唇周围的皮肤赤红皲裂，疼了哇地张大嘴巴，哭起来，粗心的大人这才惊觉。白日一天一天地短下去，黑夜一天一天地长起来，及至冬至这天，达到极限，而后，白日一天一天地长起来，黑夜一天一天地短下去。说起来，吃了冬至面，一天长一线，而我的母亲在冬至这天早上，一定要做汤包般大的汤圆，还有炒麦粉粑，萝卜白菜心，给家人吃，也祭祖。冬日宜吃糯米食，它是暖性的，月子里的女人，吃糯米蒸熟晒干炒制的香喷喷的炒米，拿鸡汤泡上，是上好的调养身子的补品。

冬的步伐深沉稳重，寒风时而凛冽，是从北边刮过来的，力量在骨子里，带着北国的沙尘气质。我们尚未下班，路灯已经次第亮起，紧随着的还有霓虹闪烁，万家灯火。一辆辆汽车长龙似的往前挪移，让家庭主妇的我们的心快于汽车的步伐，腾空而起，往家里赶去。夜晚，楼上人家的孩子在练习古筝，一个音节一个音节地练，是清寒的，也是简洁的，与冬的气场吻合得天衣无缝，让人陷入深不见底的荒芜境地里，不知不觉间峰回路转，渐至抵达无边的开阔境地。

在描写冬景的古诗里,我爱极柳宗元的《江雪》:千山鸟飞绝,万径人踪灭。孤舟蓑笠翁,独钓寒江雪。一幅简约的垂钓雪景图,意境素朴却又高蹈大气,如此境界,倘若穷尽一生终可抵达,也算不枉世间走一遭。

冬行至此,我们有了隐约的期盼,一场瑞雪何时降临呢?

第五辑

只要站直，就能撑起一片天

那双嫩嫩的胖乎乎的小手和那双骨瘦如柴的苍老的手握在了一起，像一幅摄影作品，极尽和谐之美。像这个世界某个地方正在完成的某种仪式，向我暗示着一种生命的真谛：生命需要爱来传递。爱，会让生命生生不息。

神　偷

刘黎莹

　　我是在医院里认识吉姆斯的,他是一个很幽默的外国老头儿。我们俩同住一个病房。我被护士从手术室推出来后,开始并没有什么不适,到了夜深人静时,我的刀口开始隐隐作痛。当时,病房里只有我和吉姆斯。他比我早两个星期动的手术,所以他现在已经能在病房里来回走动了。他看我躺在病床上难受的样子,对我说:"小伙子,咬咬牙熬过这一晚,一切都会好起来的。"我向吉姆斯投去感激的目光:"老人家,谢谢你。""小伙子,我看你也睡不着,听我给你讲个故事吧。"吉姆斯不等我搭话,就坐在我跟前,用非常流利的英语娓娓道来……

　　有一个男人,以偷窃为生。偷了几十年,竟从未失手。圈子里的人都戏称他为神偷。在神偷生活的那座城市里,小偷与小偷之间,有时也有纠纷,但只要把神偷请来,三言两语,事情就摆平了。神偷有句口头禅:创造机会的人是勇者,等待机会的人是愚者。在神偷六十五岁那年,他和另一个经验丰富的偷窃者合伙去偷窃一家古董店,结果同伙被警察当场发现,为了不受牢狱之苦,同伙服毒自尽。虽然神偷靠着丰富的作案经验逃之夭夭,但这件事情对神偷的打击很大。神偷在家闭门反思多日,决定金盆洗手,再也不做偷窃之事。神偷在家闲了数日,便手痒得不行。他完全可以衣食无忧地度过余生,可他还是在院子里转了好几天,踩好了点,确定住在他隔壁的三单元一楼的一户人家几乎天天家里没人。在一个阴云密布的上午,神偷悄悄来到三单元的二楼,然后从二楼走廊的窗子里跳到一楼那户没人的人家里。神偷这次很顺利,几乎把这家值钱的电器音响什么的全都抱了个净光,还顺

手牵羊把抽屉里的美元钞票也席卷一空。当神偷兴高采烈从旧货市场销赃回来，一进家门，神偷就傻眼了。你猜神偷看到了什么？

吉姆斯这人还挺会制造悬念，他两眼炯炯有神地看着我，再也不肯往下讲了。

我想了半天，说："会不会是神偷发现警察早在他的家里恭候他多时了？"

吉姆斯像个孩子似的把头摇个不停："要那样，他就不是神偷了。"

我说："是不是那家被盗的主人察觉后，在神偷家里等他呢？"

吉姆斯仍把头摇个不停："别说是神偷，就是平常的小偷也不会蠢到让人家找上门来吧？"

"那神偷到底看到了什么呢？"

"年轻人，我要休息了。你好好地想想会发生什么样的事情吧。明天我再接着讲。"

吉姆斯说完就去床上睡觉了，不一会儿，病房里就响起了吉姆斯的鼾声。我大睁着双眼，想了大半宿，也没想出那个神偷究竟看到了什么？后来就迷迷糊糊地睡着了。第二天醒来时，刀口已不是那么疼了。吉姆斯笑眯眯地看着我，问："年轻人，猜到了没有？"我摇摇头。吉姆斯等护士来给我打完针后，才又过来坐到我的对面，继续讲神偷的故事。

神偷发现他的家也被盗了！也就是说，在他去偷窃别人的时候，别人也在同时偷窃了神偷的家。神偷马上打电话报警。警察看现场的时候，神偷在一旁不时地提醒警察，他毕竟做案多年，唯恐一些重要线索被警察忽视。警察通过屋里的鞋印和放在阳台上的一双鞋子，发现做案的人竟是神偷自己！

"天，神偷为何要自己偷自己？他这不是自己往枪口上撞吗？"我百思不得其解地问。

吉姆斯说："神偷多日不偷，再重操旧业，心里当然要发慌，他查错了单元号，他从窗子里并没有跳到三单元的一楼，而是跳到了二单元的一楼。神偷的家就是住在二单元的一楼。因为小区是统一装修,家具的摆设基本差不多。""总会有不一样的地方吧?再说哪有认不出自己的家来的?"我仍表示怀疑。吉姆斯说:"因为神偷岁数大了,患有老年性黄斑病变。这种老年性眼科疾病会使患者视力严重受损,已接近失明。所以神偷看什么都是罩着一层模模糊糊的黄色。""那神偷最后坐牢了没有?""没有。因为神偷所在的那个国家有规定,一个人是不能盗窃自己的财产的。""你不是说神偷完全可以衣食无忧地度过余生吗?那他为什么决定金盆洗手后,又去偷窃呢?"

吉姆斯长长叹口气,说:"因为他不偷窃的时候,会很痛苦。人之所以痛苦,在于追求错误的东西。"

"是不是神偷渴望的是那种偷窃成功后的成就感?"

"是的。这只是一个方面。其实,人活着,看轻别人很容易,要摆平自己却很难。"

"哦。可怜的神偷。"

"神偷以为自己能够管得住自己,他却管不住自己那颗不安分的心。心是最大的骗子,别人能骗你一时,而它却会骗你一辈子。"吉姆斯的样子很沮丧。我本来还要问好多不解的问题,可他却忙着办理出院手续去了。当病房里只剩下我一个人的时候,刚好护士进来量体温。我悄悄问护士:"吉姆斯患的是什么病?"护士说:"是老年性黄斑眼科疾病。"

不用干活的小保姆

刘黎莹

　　雪兰进了城，直奔劳动服务中介所。人家问她，想找什么样的工作，雪兰想了大半天，说："我想找一份保姆工作。"雪兰长得个子瘦小，没多大力气，但她从小就喜欢做家务。平时家里人下田干活，一日三餐全都是她帮着母亲做。几天后，雪兰被介绍到一户花钱阔绰的人家做保姆。这家真是太有钱了，有自己的车库，院子里还有一个不算小的游泳池。这家的女主人长得太好看了。在这儿干了几天，雪兰发现这家女主人有些不对头。当着男主人的面时，女主人会让雪兰干这干那的。但是，只要男主人一走出家门，女主人就会对雪兰说："你去看电视吧，这地我来拖。"雪兰说："我来就是下力气挣钱的，你就是借给我三个胆，我也不敢去看电视呀。"

　　女主人一把抢过雪兰手里的拖把，笑眯眯地说："你放心好了。到月底，工钱一分也少不了你的。"女主人还教给雪兰如何涂眼影，抹口红，还把自己的衣服送给雪兰。她不知道女主人的葫芦里到底卖的什么药。有时，她刚把衣服放进洗衣机，女主人就过来递给她一本书，说："我来洗，天太热，去看会儿书去吧。趁现在年轻多看些书没坏处。"雪兰问女主人："大姐，是不是你嫌我干活儿不好呀？"

　　女主人笑眯眯地说："看你想到哪里去了？别瞎想。你快去看书吧，我去厨房做饭。等会儿我丈夫你大哥回来，你可别说是我做的饭。"

　　雪兰开始有些急躁，可又没法发作。她轻轻推开厨房的门，对女主人说："大姐，我想和你商量件事情。"女主人仍然是笑眯眯地停下手上的活儿，说："你说吧。"雪兰说："大姐，能不能以后不要再和我抢着干家务了？"女主人说："难道这有什么不好吗？这事只有我们俩知道。有人时，我不会和你抢活儿干的。"女主人说完，就又忙着拧开水龙头，洗菜洗抹布。雪兰说："大姐，告诉我，你为什么要这样？你再不说原因，我就辞掉这份工作了。"女主人闻言，一下子吓白了脸。女主人用几乎是哀求的口气说："别走，你千万别走。"

雪兰决定不在这里干了。她虽是个乡下人，但她明白一个道理：不能轻易占小便宜。你今天贪了小便宜，说不定明天就要吃大亏。当雪兰把准备离开这里的打算说给女主人听的时候，女主人可怜巴巴的样子又动摇了雪兰要走的决心。女主人一时也想不起挽留的理由，只是反反复复地说："你别走，你别走。"雪兰说："要我留下可以，但大姐以后不要再和我抢着干家务活儿才行。除非大姐你说出抢着干活儿的理由。"女主人想了半天还是没说出抢着干活儿的理由。女主人说："求求你，不要问我为什么，留下来好吗？只要你答应留下来，只要你答应不再问我为什么，我从这个月起给你加薪。"听女主人说话的口气，好像雪兰只要答应留下来，便是对女主人的一种恩赐了。

女主人的话，反而让雪兰更加忐忑不安。雪兰想来想去，决定不辞而别。雪兰把女主人送她的衣服叠好放在床头，又把女主人多给她的工钱也放在那些衣服上。女主人出去买东西去了。

雪兰把自己的日用品放在包里，刚要准备锁门时，客厅里的电话响了。她迟疑了一下，还是跑过去拿起了电话筒。电话是这家男主人的一个外地客户打来的，说是过一会儿要来拜访。雪兰接完电话，赶紧给女主人打手机，要命的是女主人已关了手机。男主人的手机响了半天，也没人接。也许男主人正在公司里开会。平时男主人开会时，是不准员工接电话的。男主人是个做生意的，他公司的前景越来越好，公司的规模已经很像那么回事了。雪兰心想，做人要厚道，如果女主人中午赶不回来，客人来了咋办？还是先把招待客人的水果洗好再说。

雪兰这样想着，又把身上的包放回卧室。果真，女主人中午没回来，也

159

没往家打电话,男主人的那位生意上的朋友来了,雪兰招待得非常周到。客人吃过雪兰做的饭,临走,把一个信封交给雪兰,说是让雪兰转交给男主人。并一再交代,千万别弄丢,信封里是他欠男主人的一笔生意款子。

送走客人,按说雪兰现在可以离开这里了。可是,她看看信封里装的厚厚的一沓钱,又实在放心不下。雪兰在客厅里走来走去,最后,决定要等女主人回来后,亲自交到对方手里再走也不迟。一直等到天快黑时,女主人才回来。雪兰说:"大姐你总算回来了。"雪兰把信封交到女主人的手上,然后,雪兰回到卧室,把包背在身上,她决定要鼓足勇气,当面向女主人告别。可是,当她来到女主人面前,还没来得及张口,女主人却笑眯眯地说:"我早看出来了,你是要辞掉这份保姆工作,想今天悄悄来个不辞而别,对吧?"

雪兰很惊奇地问:"大姐是怎么看出来的?"

女主人轻轻拍了一下雪兰的肩膀,说:"今天一大早,你就悄悄做要走的准备,我哪能不知道?"

雪兰说:"大姐,对不起,我在这里不干活,白拿工钱,心里难受死了。你还是放我走吧。"

女主人说:"你就是不想走,我也不会再留你了。"

雪兰心里的一块石头总算落了地。雪兰说:"大姐,你和大哥多多保重。"雪兰转身刚要走,女主人说:"等一下。"女主人拿出一张表格,让雪兰现在马上填一下。雪兰一看,是一张招工合同表。女主人说:"我家那口子一直想找个细心善良,本性不贪的人来帮他处理公司的杂务。这个活儿很琐碎,又累,找了好长时间也没找到称心的。今天总算找到了,这个工作非你莫属。"

雪兰说:"大姐,我做梦都想有一份工作,可是我能行吗? 招工是要面试和笔试的。"

女主人说:"你已经交了一份非常优秀的答卷。"原来,在雪兰来这里之前,已经来过三个小保姆了,但都被辞退了。一开始来的那个小保姆,发现不用干活就能拿工钱,高兴坏了。一点过意不去的意思都没有。没几天,就

被辞退了。第二个小保姆更有意思，不光不再坚持抢着和女主人干活儿，还问女主人，能不能好人做到底，帮她乡下的亲戚再找一份这种不用干活儿的保姆工作。第三个小保姆倒是不像前两个那么懒惰和贪婪，可还是没过最后金钱这一关。

听完女主人的叙述，雪兰这才明白，原来，今天来的那个客人是女主人早就安排好的。是要看看她能不能经得住金钱的诱惑。雪兰问女主人："你就不怕我把钱拐跑？"女主人不慌不忙地说："你能跑得了？早有人在外边看着呢。以后在公司好好地干吧，我不会看走眼的，到了公司可没人和你抢着干活了。我们会根据你的表现给你加薪的。"

雪兰激动地说："大姐，让我如何谢你和大哥呢？"

女主人说："要谢就应该谢你自己。你要永远记住，这个世道是公平的，好人是不会吃亏的。"

和生命挂钩

朱成玉

　　那时我在医院做阑尾炎手术，五岁的女儿像个小大人似的跑前跑后地照顾我，让疼痛不知不觉地渐渐远离了我。她就像一个小小的太阳，走到哪里，就在哪里点燃一个春天，那里就会春意盎然，鸟语花香。女儿的乖巧使得病房里的每个人都很喜欢她，尤其是邻床的一个老太太，看来是个重病患者，行动很不方便，连说话都很吃力的样子，可是每当看到我女儿的时候，她的一双眼睛便闪着光亮，跟着她的身影不停地转动。

　　女儿也喜欢她，偷偷跟我说她像她死去的奶奶。她常常爬到老人的床上去，缠着她讲故事。老人的故事很好听，就连我们这些大人有时候都会听得入神。但是很显然，她很累，每讲完一个故事，额头上都会沁出一颗颗豆大的汗珠来。但每隔一会儿，她还会把女儿叫过去，接着给她讲故事，她知道这是她唯一可以让孩子坐到她床边的办法。在讲过第5个故事之后，她咯血了。护士一边批评她一边给她按摩，她憨憨地笑着说："俺只想跟孩子多说会儿话。"

　　医生说她的病情非常严重，现在就是靠药物来维持着。当初是一个好心人救了她，把她送到医院来的，她靠拾荒为生，一个亲人都没有，拿不出钱来治病。医院已经为她垫付了2000多元了，医院召开了紧急会议，就是否继续为老人提供无偿治疗展开讨论，最后大多数人都认为那是一个"无底洞"，而医院毕竟不是慈善机构，都已经同意给老人停药了。

　　停药就意味着宣判了她的死刑。在拔掉那些针管之前，几个善良的医生凑钱给她买了新衣服。在给她穿上新衣服的时候，护士们低声和我们说，

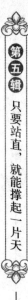

或许那是她的最后一个夜晚了。

她也意识到属于自己的时间已经不多了，她对护士说出了她的心愿。

谁都没有想到，她最后的心愿竟然是想搂搂我的女儿。连她自己都觉得这个要求是那样"过分"，谁会和一个将死的人躺在一个被窝啊！当医生向我们转达了她的愿望的时候，我们甚至来不及思考就一口回绝了，女儿不明就里，大声嚷嚷着要去，原因是可以听奶奶讲很多很多好听的故事。我完全可以理解一个没有亲人的老人在将死的时候的那种孤寂，那是比死亡更可怕的黑暗，可是我不能，也不敢让小小的女儿那么小就那么近距离地懂得死亡的含义。我叫家人把孩子领回家，孩子噘着嘴，很不情愿地跟着家人离开了。忽然，她像丢了什么东西似的又跑了回来。她来到老人床边，在老人耳边小声嘀咕着什么，还神秘兮兮地把手伸进老人的被窝里。我们看到，老人微笑着向她点了点头，仿佛她们之间已经达成了某种默契一样。

小小的太阳走掉了，病房里顿时变成了萧瑟的秋天，处处弥散着衰败和哀伤的味道。

那个夜里，我很难入睡。我在想自己是不是太自私了，一个孤苦无依的老人，在她生命的最后，想得到哪怕是片刻的那一份亲情，而我没有给她，我掐灭了她生命里最后一丝火苗。想到这里，我不禁有些愧疚起来，朝她那里望过去，借着月光，我看到老人的身子不停地抖动着，但是没有一声痛苦的呻吟，我想她是在死亡的边缘挣扎着吧，却没有一个人，没有一双手可以帮帮她。那个夜晚很平静，没有因为死亡临近一个生命而感动惊惧，窗外的月光反而有些美丽，我不停地在想一个问题：女儿和老人偷偷地说了什么呢？

第二天早晨，护士来给老人把脉，发现老人的脉搏跳动正常，老人还活着，而且呼吸还比前些天顺畅了许多。

第三天，老人说她有饿的感觉了。她喝了我的家人为她熬的鸡汤。

接下来的几天里，老人一天比一天好了起来，让人不可思议的是，她能自己支撑着坐起来了。这在我们这个医疗水平落后的城市，完全可以称得上是一个奇迹。

一周后，女儿来了，她给老人带来了一个毛茸茸的布娃娃，她说那个布娃娃就是她，让奶奶晚上搂着睡觉，就和搂着她一样。老人的眼睛又开始闪着光亮，跟着她的身影不停地转动。

女儿忽然"严肃"了起来，她握住老人的手，当着所有人的面，对我说："爸爸，我又有奶奶了，我想让奶奶回家去住。"

我被这突如其来的"郑重决定"弄了个措手不及。女儿说她离开医院的那天，跟老人许下了一个诺言，她让老人等着她再来。她要给她一个大布娃娃，还要认她做奶奶。"说话就要算数，我们还拉钩了呢，"女儿怕我不同意，强调说，"拉钩，上吊，一百年不许变……"

我使劲地点了点头，眼里含满泪水。为老人，也为我的女儿。那一刻，我感到小小的女儿是那样伟大，她让我们这些大人们感到汗颜，无地自容。

院长听说了女儿和老人拉钩的故事之后，又一次召开了紧急会议，决定尽全力医治老人的病。"就算是为了一个孩子纯真的心愿。"那是院长在会议上说的最后一句话。

这个世界上每天都有奇迹发生，但我亲身经历的这个奇迹，更加让我刻骨铭心。它是由一个孩子和一个老人共同创造出来的。

老人出院，住到我们家来。女儿终于如愿以偿地睡到了老人的身边，她又缠着老人讲故事了，老人有些累，说明天给你讲两个，把今天的补上。"好，拉钩。"我又听到女儿说："拉钩，上吊，一百年不许变。"

这个五岁的小小的太阳，将她的世界照耀得春意盎然，生机勃勃。

夜里的时候，我过来给她们盖被子，我看到那双嫩嫩的胖乎乎的小手和那双骨瘦如柴的苍老的手握在了一起，像一幅摄影作品，极尽和谐之美。像这个世界某个地方正在完成的某种仪式，向我暗示着一种生命的真谛：生命需要爱来传递。爱，会让生命生生不息。

莫斯科不相信眼泪,相信玫瑰

朱成玉

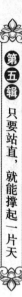

1998 年,我正在俄罗斯留学。那一年的情人节,莫斯科很冷,气温达到了摄氏零下 38 ℃,而且天空飘满了雪。尽管如此,兜售玫瑰的小贩们依然不停地穿行于大街小巷,让这爱情的信物无止无息地燃烧,温暖着那些置身爱情中的人们。

我是个例外。那些玫瑰只会让我更加寒冷,因为我被失恋的旋风刮到了爱情的边缘。我开始怀疑,在这漫天飞舞的誓言的雪里到底掺杂着多少谎言的碎屑?

我从伤心的咖啡馆里走出来,我刚刚在那里跟叶分手。多么讽刺,这分明应该是一个让情人们牵手的节日,而我却选择分道扬镳。我头也不回地走掉,我知道一切都结束了,就像身后的脚印,我走过,然后被厚厚的雪覆盖住,我忘记。

我漫无目的地走着,穿行在玫瑰和谎言的潮水中,无法靠岸。

"买束花吧,先生。"

一个穿得很单薄的老妇人用干瘪的手轻轻拽了拽我的衣角。

"多少钱一束?"我随口问了一句。

"您看着给吧,感情是没法标价的不是吗?"

我微微一怔,没想到她会说出这样一句耐人回味的话来。我抬头看了看她,冷风将她的脸冻成了酱肉般的颜色,却没有阻止她对我微笑。

她的小摊上摆满了红红的玫瑰,可是生意并不好。

我随手拣了枝玫瑰,想到自己失败的爱情,便往她那个装钱的纸箱里扔

了1戈比，"我的感情就值这些钱。"我耸耸肩，无赖似地说。

那个数目相当于施舍一个乞丐。

我把花拿在手里，无人可送。我感觉到玫瑰异常刺眼，似乎在用它的高贵嘲弄我，我将它奋力地向空中抛去，红色的花瓣随着雪花一起飘落在街上。

这时那个卖花的老妇人从后面追上我，我想大概是我的举动侮辱了她。"我可是在每一片花瓣上都许下了祝愿的，"她埋怨道："你不该这样糟蹋鲜花。"

"可是，"我嗫嚅着："再没有人要我的玫瑰花了。"我向她诉说了刚刚失败的爱情。

"去把那个惹你伤心的姑娘带来，我给你们讲个故事听。"她略带些命令的口吻说。

我有些犹豫，但还是拨响了叶的电话。叶披着雪来了。

"孩子们，"老妇人说："这是我们这里家喻户晓的故事，可你们中国人未必听过。不嫌烦的话，我就给你们讲讲。"我和叶不约而同地点了头。

"卫国战争的时候，"她讲道："我们这里曾经是战场。有一对刚结婚不久的青年男女，被迫要分离了，男的要去保卫祖国，临走前，他对她说，你就在这座房子里等我，我一定会回来。"

"战斗进行得很激烈，也很残酷。一年后，他们的家乡也成了前线，按照上级的指示，当地群众必须全部撤离，但她没走，她记着他们的约定，她要守在这座房子里，她要等他回来。

她成了前线的一名护士，而这座房子就成了战地医院，她和战地上的医护人员们一起冒着枪林弹雨，把受伤的战士一个一个地抬走，把死去的战士一个一个地埋掉。

战争结束了，英勇的苏联人民取得了最后的胜利，但损失是惨重的，全国都沉浸在哀悼亲人的悲痛里。她守在那座房子里，一年，两年，三年，她始终怀揣着那个希望，她说他一定会回来，她在房子里种下很多玫瑰花，她把那座房子装扮得像天堂，她等着他回来，从一个少女一直等到成了一个老太婆……"

"最后她等到了吗？"我和叶同时问道。

"没有，可是那个希望就像是一盏灯，坚强地亮着，照耀着她的每一个夜晚。"老妇人接着说，"这个摊子上的玫瑰花就是从那里摘来的，每一片花瓣上都有祝愿的。我真不明白你们这些年轻人，这感情怎么说扔就给扔了呢？就像你刚刚扔掉的玫瑰花，看着让人心疼……"

我和叶都低下了头，我们彼此看到了对方微红的脸，两双手又叠到了一起。

我的脸忽然发起烧来，我为自己用1戈比买她的玫瑰花又随手扔掉而局促不安了，我感到自己像个急切地想飞起来的黑色灰烬，到处是明晃晃的雪，到处是纯净的世界，只有我，这黑色的极不协调的灰烬，我想飞起来，可是没有风，我逃不掉。

我想到一个弥补过失的办法，我对叶说："我们来帮她卖花吧。"

我们找到一块木板，在上面写下很诗意的一句话：莫斯科不相信眼泪，但相信玫瑰。

善良的人们纷纷前来，买走了一束束玫瑰。

天色渐暗的时候，我们的小摊上就只剩下两束玫瑰在燃烧了。

"这是天意，孩子们，"老妇人说："你们看这最后的两束玫瑰，这是你们的，你们应该始终在一起，不是吗？"

我和叶捧起了那两束火焰，我们相互凝视的目光融化了很多雪花。我们从爱情的背面一步步地走回来，渐渐走到阳光明媚的早晨，渐渐走到布满草莓的春天。

老妇人把我们领进了一个天堂般美丽的房子，偌大的房子里到处都摆满了盛开着鲜花的花盆。

"难道那故事里的主人公就是您？"我和叶像发现了神话一般问道。

"不，她早已去世了。我已经是第十二个住进这房子的人了。她在临终

时说过,不论谁住进这房子,都请替她履行等待的义务,别让那些玫瑰们枯萎。"

老妇人接着说:"每年的情人节,我都会拿一些玫瑰花去卖,我想攒些钱把房子好好修葺一下,我待不了太久,我能做的只有这些了。"

我和叶几乎同时想到了要住进这房子,这里生长着永不泯灭的生生不息的爱。它让我们一颗颗冰冷的心慢慢解冻,让所有的明天都温暖如春,在它的火焰里,我相信自己最终也会挺立成一株顽强的玫瑰,用誓言去击败谎言,用真心去唤回真爱。

苏醒的黑客

赵经纬

李林从小就对电脑着迷,他梦想自己能够成为电脑高手,最好是能做个黑客。他极度崇拜比尔·盖茨,总想着辍学。父母想尽办法开导他,他都当作耳旁风。

李林上了中学;起初寄宿在学校。过了一段时间,李林向父母提出要在校外和同学合租一间房子。李林的理由是自己以前的底子差,需要开夜车补补功课。李林的父母欣然同意。

李林的父母到李林出租的房子来过两次,李林都是学习"进行时",他们就放心地走了。

过了几天,李林料到父母不会再来了,晚上就迫不及待地溜进了网吧。为了避免被老师查到,李林来到了城郊的一家叫"夜的眼"的网吧。

李林上了机,很快被一款新的大型游戏所吸引。这个游戏很血腥,到处都是刀光剑影,但游戏的设计却很人性化,新来的菜鸟可以傍上高手。只要高手同意,就可以跟高手一起行走江湖,纵横四海。

李林很快搭上了一个叫萧风的大哥。这个大哥的在线时间也不是很长,但是级别已经达到顶级。这个萧风也的确有大哥风范,专门扶植新人,提携新手。李林和萧风一路过关斩将,所向披靡。慢慢地李林发现一个怪事,两人打拼来的好装备萧风一点不要全都配给李林,可是萧风却总能变换武器,变换装备,几乎是想要什么就有什么。

李林诧异,发言问萧风有什么秘诀。萧风回复,这还不简单,咱是黑客嘛!

李林一听，顿时羡慕不已，忙问端由。萧风告诉李林，自己可以任意出入任何人的仓库，想要什么就有什么。李林听了，赶忙请萧风教给他秘诀。萧风沉思了一会儿，终于答应教给李林一个破解密码。李林听了萧风的密码，迫不及待地想要试试，就打开内存修改器，输入了破解码。

输完后，电脑屏幕出现了一个盛大的青苹果。

李林盯了几秒钟，突然发现电脑的屏幕正在迅速地放大，周围的人和东西也都在迅速地放大，李林更发现自己正在一点一点地缩小，并迅速地飞进了电脑里面。

李林在四通八达的管道中穿行，等他明白过来时，发现自己已经身处那个网络游戏中了！李林赶忙应付身边的敌人，很快便出了一身冷汗。顷刻，李林笑了，自己在这里，是可以像萧风那样的。李林试着进入高手们的仓库，果然成功。李林把高手们的宝贝洗劫一空。

李林很快在这个世界呼风唤雨，很快便成了二当家。李林身份显赫后，邂逅了一个叫"巧月"的女子，并一见钟情。

李林在游戏中自豪不已，但很快他就觉得，除了"巧月"，这个游戏对他来说已经没有什么意思了。因为在这里，除了萧风，就是自己，没有什么人能够为难自己。李林就和巧月聊天，约她见面。但巧月却说这不过是游戏，自己并不相信虚幻的爱情，没有面包的爱情是靠不住的。

李林知道自己没钱，就灰头土脸地打了退堂鼓，又回到了游戏中。李林疯狂地屠杀，发泄，不管敌我，乱杀一气。冷不丁地，一个霹雳乾坤掌就劈在了带头大哥萧风的身上！

萧风问李林怎么这么大火，李林说，这个游戏没什么意思了。我们武功盖世，腰缠万贯都是假的，根本就一钱不值！

萧风哈哈一笑，说，想要真钱，很好办啊。咱是黑客嘛！你可以潜入银行系统去获取卡号和密码！

李林听了萧风的话激动不已。李林点开银行网站，输入了萧风告诉他的破解码，又将自己化身成无形的电脑程序，很轻松地获取了一个银行卡号和密码。随后,李林迫不及待地来到一家自动取款机前,不费吹灰之力就取出了几千元!

李林很快就发达了,他手里有多少钱自己都不知道了。李林就又联系巧月,告诉巧月自己有钱了。巧月没有说什么,只是传给了他一则新闻:最近,黑客疯狂盗窃银行卡号,涉案金额巨大,情节恶劣。警方正全力侦破中。被盗号的客户悲痛不已,有的甚至急出重病,有的卧床不起,有的自杀身亡!

李林惊呆了。他又惊又怕,后悔不已。他躲在出租屋内,整天蜷缩着。但是,他还是没能躲过警察的火眼金睛。李林在迷迷糊糊中被带进了一堵高墙。

到了审讯室,李林发现坐在审判席上的竟然是带头大哥萧风!

李林抱住头大声叫喊:"你为什么害我?!"萧风面色凝重地说:"我没有害你,我是在渡你。你在骗别人的时候,就应该料到自己被骗。"

李林痛哭流涕,嘴里直叫着"后悔"。萧风微微一笑:"知道后悔就好。现实世界是没有卖后悔药的,好在这是虚拟世界。你良心的忏悔会换给你一次重生!"

萧风说完,李林的身体便轻盈起来,他飞出了围墙,踏实地落在了地上。

…………

李林明白过来的时候,发现自己正趴在网吧的桌面上,身边站着父母和一个陌生人。李林赶忙站起身来,向父母认错。并向父母保证自己再也不迷恋网络了。李林的父母点了点头,他们一起送李林回了学校的宿舍楼。

回去后,李林问父母他们为什么会出现在网吧,这个陌生人又是谁?父亲面色凝重地告诉了他事情的真相。

其实,李林背着父母去上网,很快就被父母发现了。但从小到大,李林的父母都无法说服李林,让他先以完成学业为重。李林的父母很是担忧、焦急,却一筹莫展,正在这苦恼之际,接到了一个陌生人的电话。

这个陌生人,就是萧风。萧风是刚刚毕业的计算机研究生。毕业后,他主动回到小城来支教,就在李林的学校,过几天就正式上班。他回来除了为

家乡的教育做贡献外，还有一个理由是因为哥哥，萧风的哥哥就是城郊那家网吧的法人。不幸的是，他的银行卡不久前真的被人窃取了，一急之下，竟颅内出血瘫于病榻。

萧风回家看哥哥，并暂时帮他打理网吧。很快，他发现李林是个学生，不仅痴迷网游，而且思想里面有着极大的误区，便想拯救他。萧风便在游戏中带李林一步步走向错误，然后让李林在错误中醒悟。

关于李林在电脑中穿梭，那都是李林的幻觉。当李林输入那个破解密码时，电脑上出现的那个青苹果的图像，具有催眠的效果。而在睡梦中出现的内容，都是萧风事先输入的催眠程序。萧风在李林睡眠的时候，从他的手机里翻出了李林家里的号码，然后通知李林的父母赶来……

李林的父亲讲完事情的缘由，萧风老师意味深长地告诉李林："所谓的电脑高手，真正的黑客是应该造福于人，而不是谋私利和害人的！"

李林百感交集。他庆幸自己遇到了萧风这样的好人，这样的好老师。李林流着泪向老师和父母保证：自己从今以后一定踏踏实实地学好功课。李林的父母和老师萧风都笑了，他们共同祝愿李林，一定会将自己理想的青苹果孕育成熟！

历山的花事

张峪铭

如魔术师扯掉了道具幕布，呈现到眼前的春光，来得突然，来得恣意，来得热烈。

今年的春被绵绵不休的雨扯住了衣襟。我撑着伞到陌上寻找，也只看见柳梢枝头冒出的一点绿色，隐隐约约的，如谁家的小孩初弹的乐曲。可太阳一露头，春就奔涌而出，将房前屋后、田间地头全部占领。顿时山河沦陷被春包围，天地演绎花事。

这样的春光，少了人的参与就不尽完美。恰好贵池的朋友要到东至踏春，我们自然相伴而行了。

春日花事最多的要数历山了。

历山是舜耕作渔猎处。有一段神奇的传说，必是一个美丽的地方。樱桃园就辟在历山桥边，大约有十多亩。这是 20 世纪 90 年代中日友好团体栽种的象征和平友谊之树。车刚停稳，朋友们像樊笼之鸟，一下子就溜进了园中。

我是第一次看到樱花，但被樱花撩拨的时间可追溯到很远，先是鲁迅先生笔下富士山的樱花，到一百年前日本赠给纽约市的樱花，再到武汉大学校园里的樱花，每年这一波又一波的"花讯"，搅得人心驰神往。

说实话，历山的樱花不是开得热烈的那种，但只要是开着的一株，都有夺人眼球的魅力。那鲜红含苞的，如铃铛围成一串；那粉红盛开的，如笑脸缀满枝头。樱花萼小茎长，只见朵朵花附着在整个枝身上，一串一串的，像馋嘴小孩的糖葫芦，又像汉使者手持的旌节，可它比旌节丰满，比糖葫芦

妖娆。

在这春意盎然的季节,历山的樱花开得羞羞答答的,像一位娴静的小媳妇手持牧鞭,轻轻挥赶着春,闲散而行。

这样的生活平和安静,已远离了 20 世纪 30 年代历山头上,那撕裂山河的肆虐炮声。此时的樱花树扎在历史的土壤中,见证的是现实的和平。

朋友们意犹未尽地从樱花园出来,说要将历山花事进行到底。

我知道他们还要看油菜花的。于是我让朋友们到历山之巅看花景。

历山不高,但山形奇特,山中套山,深邃幽远。其腰土地平旷,杂树丛生,竹木参天,是士人最佳归隐之所。我们一路踏着石阶,似乎忽略了途中风光,直奔山顶。登高望远,真是景色无边。只见远处烟波浩渺,白鹤翻飞;近处色彩斑斓,公路如带。山脚四周的黄色被切成块块金箔,这金箔连成一体成了色彩的主体,桃红柳绿全都成了配角。此时的历山就像套上了一根亮闪闪的项链,这项链镶有无数颗红绿宝石。

万色丛中一片黄。这样的高贵色,冲击着我们的视觉,也冲击着我们的心。

油菜花有些特别,单株不成景。它只能是大兵团出击,因为只有这样才能凸显其气势美,同时也有了食用价值。不像一棵李,一棵桃什么的,独自开花,独自结果,都能自成一色。

穿过历山大雄宝殿的香雾,人心向佛,人面若花。

到了佛桃园,才真正是"人面桃花相映红"。佛桃园在历山脚下的南面,站在历山的殿前可俯瞰佛桃园,站在佛桃园里可仰望到大殿的飞檐。天际相连,地脉相通。佛有凡间味,桃沾仙界气。

桃树是古老而有神性的。几千年前的《诗经》中就有"桃之夭夭,灼灼其华"的佳句。它美在外表,不猩红,不淡色,恰到好处的红中有白,白里透红,与众不同。它美在内心,贤淑雅致,"宜室宜家"。它花开得烂漫,果结得甜美,叶长得葱茏。

这样的好去处,女文友们很快陶醉其中。诗人山民却皱起了眉头。客问其故。他说道，桃花开得如此娇美，可躯干皱皱巴巴、老气横秋的。追问其故。他勘破其妙：躯体挤干了汁，只为花儿绽放枝头。是啊，桃夭李秾，总有默默付出者。

桃李杏春风一家。可只有仙桃之说。《淮南子·诠言》说："羿死于桃口"。东汉许慎注："口，大杖，以桃木为之，以击杀羿，由是以来鬼畏桃也"。至今若谁家遭了厄运，方术之士将桃木做的剑，插在屋内，可起到避邪化灾之功用。这样看来"总把新桃换旧符"，也只不过是人们对平安的祈祷。

历山的佛桃园有近百亩，中间杂植李树，桃瓣大而红，李花碎而白，相生相宜。立于桃李之间，嗅着空气中的缕缕香甜，或浓或淡，或有或无。竟不知香来自何处。是桃，是李？是人赏的花，还是花照的人？

是啊，花开满枝头，人在花海游。人惜花，花怜人。我们求的就是热烈下的这份静，灿烂中的那份雅。

他，特立而不独行

张锁军

　　一个健康的孩子考上了大学，这不足为奇。而一个曾患过骨癌、只剩下一条好腿且曾有过自闭症，有过自杀倾向的孩子，考上了山东某大学，你就会觉得匪夷所思，想问个究竟了。

　　小奇，是一个爱读书的孩子，童年给他铺展开人生最为美丽的画卷。上小学三年级那年，母亲去当地的职业学校任教师，父亲是自由职业者，一家其乐融融，妈妈常带他去图书馆，他一看书就是大半天，小奇感到生活充满了阳光。10岁那年，他获得了省级作文大赛一等奖，11岁上四年级，他写的文章已有十篇见诸报端，人们经常喊他"小作家"。他也是个很懂事的孩子，见到小区的人就能按照年龄分别叫爷爷奶奶，叔叔伯伯。小区的人们都很喜欢他，说，这孩子是一个好苗苗！

　　然而，天有不测风云。还有两个月就六年级毕业考试了，有一天，小奇突然腿疼请假回家，母亲急忙把他带到了医院，医生初诊为风寒，吃了一个月的中药，谁知竟越吃越不见好，小奇常疼得抱着腿叫喊。然而好一点了，小奇就坚持去上课，说怕别人落下自己，有一天，上着课，腿又疼了，他咬牙坚持着，老师看他满头大汗，于是走过来说："小奇，又开始疼了吧？走，老师送你去医院。"

　　来到医院正好碰上院长在，一问情况，院长马上让他拍片子做各项检查。第二天，结果出来了，院长表情严肃地对小奇妈妈说："不太好，估计是骨癌，需要上大医院确诊。"

　　小奇的妈妈一听惊呆了，稍后她约来小奇的爸爸，当天就去了北京，一

路上，小奇的爸爸愁眉不展也不说话，小奇还对爸爸说："没事爸爸，我不会有事的。"在北京的大医院里，小奇被确诊为骨癌，医生告诉小奇的父母，必须截肢，手术费至少10万。

小奇的爸爸一听吓傻了："去哪里弄这些钱！"他反复地重复这些话。

"咱不能不要孩子啊，他爸啊，借去吧！"小奇的妈妈哀求着不肯放弃。

小奇的爸爸表情沮丧地走了，从此再也没有回来………有人说他去打工了，有人说去了国外，总之是再也没有了消息。

小奇妈哭了一场，她说，无论如何也要救孩子，他爸不敢要了，我要。老师们来了，送来了全校老师的集资款，小区的人们来了，送来了没有来得及数的一大包钱，然而这些钱还没有手术就用完了。

人们也不富裕啊，小奇妈做出了一个连她自己都觉得吃惊的决定，她要卖掉唯一的一套房产，为小奇治病。

买家找着了，他们家是工薪阶层，也不富裕，但听中介说明了情况，还多给了500元。

拿着这一辈子才攒下的房产钱，小奇妈为孩子交了手术费，她颤抖着双手在手术通知书上签字，同意立刻截肢。

从昏迷中醒来的小奇，看到自己一条腿空了，他哭了。他从此一句话也不说了。住院一个多月，爸爸一次也没有出现，小奇问，妈妈也不说，只是哭。聪明的小奇知道，爸爸一定看到自己的腿没了，不要自己了。

他有每天写日记的习惯，当妈妈把日记本交给他时，他写下了失去一条腿后的第一篇日记，在日记的开头，他这样写道："地球不是我的了，因为我不可能在地上站了！天空不是我的了，因为我没有翅膀了！"

做教师的妈妈，看到了儿子的日记，哭得更伤心了，这孩子说的话，多么像一个作家说的啊！她思忖良久，在儿子的日记上作了批语：如果能变的话，妈妈愿意把自己变成你的腿，让你站立起来，妈妈愿意做你的翅膀，助你飞翔，孩子，今后的路，我和你同飞！

在医院里经过了一个月的化疗，他又在姥姥家躺了三个月，三个月里，

他就说过四句话。其中一句是：妈妈，爸爸不要我们了吗？但，他没有听到妈妈的回答，只看到妈妈的眼泪。他知道，妈妈为了他太辛苦了！他常常为妈妈擦干睡梦中流出的眼泪。以后的日子里，他再也没有提起爸爸。

同学们来了，他第一次露出了笑容，然而，有一个同学忘记了他的腿说："小奇，等你病好了，我们还去踢足球。"

他点点头，等同学走后，他狠狠地打了自己的半截腿，打得血呼呼的。妈妈回来抱着孩子痛哭。

这次后，妈妈决定去卖血，攒钱为儿子安假肢，让儿子站起来。

一年过去了，妈妈托人找关系卖了 20 次血，又去同事们那里借了一些钱，毅然带着小奇去了北京。

假肢装上了，但是小奇还是站不起来。医生告诉了他训练方案，他反复试验了，还是站不稳，断肢处钻心地疼，面对一次次摔倒，弄坏了假肢，他丧失了信心，他心想，这样，还怎么去踢足球啊！妈妈也批评他没有毅力，他再一次崩溃了。有一天，他爬到厨房，用菜刀割开了自己的腕动脉，他看着血流出的样子，大哭起来，他想起了为他而受苦的妈妈，他想到自己死后妈妈一个人在自己坟头哭的凄惨景象，他马上按住了流血的胳膊，大喊救命。

邻居把他送到了医院。

从此，他更不说话了。医生说，他得了自闭症（孤独症），以后也许无法自律自己的部分行为了，妈妈知道，每个学校都不愿意接受有自闭症的孩子，他只好在家。

他原来的同学们都上初中了，同学们买初中生课外读物的时候也给他集资买了一套。他开始看这些书，他先看了《钢铁是怎样炼成的》，看得很入迷。妈妈还给他读了《假如给我三天光明》一文。从此，他脸上有笑容了，自己也知道主动安上假肢锻炼了。妈妈看着慢慢学走路的孩子，看着他一天天好起来，心里很是高兴。

半年后，他第一次提出想上学。妈妈找到了教育局长，局长听说小奇的情况后，当时就给一个重点初中打了电话，校长接受了他，安排他到初一 6 班学习。

　　去学校后,看到蹦蹦跳跳的同学们,他又自卑起来了。他不想让同学们知道他是残疾人。课间,等别人都从厕所出来了,他才一个人去厕所,走得很慢很慢,他努力使自己走得与他人没有两样。

　　上课铃响了,他本想快一点儿进教室,却突然栽倒了,当他艰难地爬起来走到教室的时候,已经上课五分钟了,他喊报告,老师正讲得起劲儿,没有听见,他以为老师答应让他进了呢,于是推门而进,不小心假肢的关节碰在门上"砰"的一声。老师怪罪他:"为什么不喊报告就进。"他说:"喊了!""为什么弄得门那么响,影响同学听课?"他没有话了,他不想让同学知道是假肢弄响了门。

　　按照班规,他慢慢地走到了教室后面,开始站着听课,累了,他就靠着墙壁,他告诉自己,以后不要犯这样的错误了,以后要少喝水,争取课间不去厕所。他努力让自己站得很直,累了他就让好腿站着,假肢抬起那么一点点。

　　在日记里他描写了自己当时的心理:用一条腿儿站在同学们的背后,我觉得自己像田野里一朵孤独的蘑菇,一个鸡腿菇,我找不到和我一样的一棵禾苗,我简直就是特立独行。

　　以后的日子里,他练成了不喝水从而一上午可以不上厕所的功夫。他在日记里再次写道:外面的世界再大,再阳光,也不属于我,我的世界却无比微小,我走向世界的窗口,从此也许就被关上了。

　　妈妈把他的日记偷偷交给了他的班主任,班主任是语文教师,看了小奇写的这些诗歌一样的文字后,才知道他是一个内心苦痛着的孩子,他更是一个有写作才能和哲学思想的孩子。他决定,一定要拯救这个孩子的心灵,让他变成一个阳光男孩!

　　要融化一块坚冰,最好的办法就是将其投进火炉,使一个孩子坚强地面对现实。要解除他的自闭,最好的办法就是将其置入开放而温情的空间,用教师的温柔让他安静,用教师的爱让他阳光起来。

　　于是老师召开了"坚强起来,孩子,像保尔一样"的主题班会。会上老师

征得小奇的同意，公布了小奇的病情，并向同学们介绍了他坚强地面对疾病的事迹。要大家向他学习，大家为他鼓掌。

课间，他要想去厕所，同桌就用自行车推着他去。后来，他自己学会了骑自行车，学校特许他可以在校内骑车。学校还为他申请了困难学生补助金，学校的食堂还为他提供了免费的午餐。

这来自于方方面面的帮助，一直延续到了他上高中。高考了，他以激动的心情，优美的文笔，写了一篇题目为《特立而不独行》的作文。真实的故事，感人的话语打动了阅卷教师，他的高考作文得了满分，最终以优异的成绩被山东某大学录取。从此，人生又给这个不幸的孩子铺展开美丽的人生画卷。

只要站直，就能撑起一片天

张君燕

从小，我就是个顽劣的孩子。"兵荒马乱"充斥了我的整个童年，爬树上墙，掏鸟窝捅马蜂，虽然常常被弄得狼狈不堪，但我却乐此不疲。在学校里，我更是极尽所能地发挥自己的"天性"。上课捣乱、下课打架，仗着自己的一身蛮力，"征战"校园。很多同学见了我都厌恶地绕道走，仿佛我身上有什么肮脏的东西，可我看到他们的眼神里，除了不屑，更多的是恐惧。就是那些恐惧，让我的虚荣心得到了极大的满足和鼓励，甚至还为此而沾沾自喜。

我的种种劣迹让老师们都摇头叹气、头疼不已。批评、责罚对我来说已是家常便饭，满不在乎是我一贯的态度。有位老师气急了，嘴唇哆嗦着说我"厚颜无耻"，我摇头晃脑地嬉笑着，一如他头上随风飘摆的头发。是的，对于已经"修炼成精"的我来说，一切都无所谓。大不了老师拿出最后的撒手锏——叫家长。叫家长我也不怕，老实巴交的父亲在老师面前只会唯唯诺诺地点头，然后转身给我一记响亮的耳光。在我看来，那巴掌只是为我之前闯下的祸来个完美的收官。因为这之后，父亲便会带着我一家家地去道歉，忙不迭地赔医疗费，修补损坏的东西。而我需要做的，只是在父亲的责令下一次次的鞠躬或者下跪。然后，开始我新一轮的"南征北战"。

我的无法无天开始变本加厉，直到闯下了那个大祸。那天，同学们在悄悄议论新来的校长，言语之中尽是尊敬和崇拜，还说估计全校的同学们都怕他。最后的这句话一下子激起了我的斗志：我怕过谁呀？我还偏就要治治这个校长，看看到底是谁厉害！同学们都吃惊地望着我，仿佛在看一个从未见过的怪物。只有几个平时在一起玩的"小兄弟"朝我竖起了大拇指，支持

并怂恿我去完成自己的"壮举"。

那天放学，我守在校长回家必经的一条小路上。这是一条坑坑洼洼的小土路，道路两旁长满了野草。我把一条细钢丝拴在路旁的一棵树上，然后攥着绳子的另一头藏到了树对面的草丛中，钢丝绳静静地躺在杂草丛生的小土路上，不细看还真看不出来。天色暗下来的时候，我终于看到校长骑着那辆老旧的自行车驶了过来。当自行车驶到我面前时，我猛地一下拽起了钢丝绳，毫不提防的校长"啊"的一声摔了个人仰马翻。看着地上淌着的鲜血，听着校长痛苦的呻吟，我一下子慌了。惯于闯祸的我意识到自己这次可能犯了个大错，却又不知道该怎么办，呆立了片刻之后，我便落荒而逃。

第二天，便传来校长住院的消息。众人的目光一下子聚集在我身上，我第一次感到了恐慌和不安，因为有消息传来，校长要因此开除我。很快父亲便急匆匆地赶到了学校，不由分说地拉着我往医院走去。父亲气得发紫的脸色倒让我一下子安定下来了，大不了跟校长跪下认个错，反正父亲在，一切都会摆平的。

校长安静地躺在床上，头上、腿上都缠着厚厚的纱布。一进门，父亲急忙跟校长道歉，不善言辞的父亲说了几句便一把扯过藏在他身后的我，喝道："还不跪下！"我一惊，膝盖便不由自主地弯了下去。不等我跪下，校长却挣扎着坐起来扶住了我。他看着我的眼睛，一字一顿地说："不要跪下。"老实的父亲见此慌了起来，校长不让我下跪显然是不肯接受我的道歉，不肯原谅我。于是，父亲狠狠地打了我一耳光，更加严厉地说道："跪下！"校长仍坚持扶着我，说："如果认错，请站着认错。"他望向我的眼神充满了鼓励和肯定，没有一丝一毫的埋怨和苛责。经历了那么多认错道歉的场面，每次都不乏抱怨甚至责骂。但这次温和的场面却深深地触动了我的心——我为什么要无缘无故地去伤害这么一个善良的老人呢！

听完我的道歉，校长微笑着说："人要学会承担，学会为自己的错误买单。道歉的时候也要站直，只要站直，就能撑起一片天。"我不记得自己是怎样从医院走出来的，但回到家时，我却做了一个决定：我要用一个暑假的努力,用自己的劳动去补偿校长的医药费。

  整整一个暑假,我奔波在建筑工地上。顶着烈日,搬砖、活泥、送料,这一切对于我来说都是那么艰难,但我强迫自己咬牙挺下去,我要为自己的错误负责。而直到此时,我才发现自己曾经犯下的错误给父亲带来了多少苦累和心痛。当我把一个月的辛劳所得给校长送去时,我站得比任何时候都要直。我感到了前所未有的充实和满足,这才是我一直想要的那种感觉。

  此后,不管在何时何地,我都牢牢记着校长的话。是的,后来我所经历的事实也印证了这样一个道理:只要站直,就能撑起一片天。

别想叫我感谢你

张爱国

说到马力，马湾人没有不竖大拇指的。

马力读书时不出色，只上了大专，毕业两年后也没有找到工作。可后来不知怎么的，马力就有了一份很不错的工作。

有了工作，马力第一次回家就打的，直惹得马湾人"啧啧"称赞说："乖乖，省城离家那么远，打的费少说也六七百吧，马力真了不得呀。"更令马湾人吃惊的是，马力看了看自家的三间平房，对他爹说："这样的房子不能再住了。这样吧，我手头最近有点紧，先给五千元，把内外装修一番。"说着，马力就掏出一大沓崭新的红票子递给他爹，又对众人笑了笑说："我这个月的烟钱要控一控了。"马湾人一听，都愣了："天啊马力，五千块只是一个月的烟钱啊？"

此后，马力每年都要回家两三次。每次，马湾人只要看到村外土路上颠簸着那辆蓝色奔驰车（马力第三次回家就开上了自己的奔驰车），就丢下手头的活，叫着："马力回来了！马力回来了……"拥向马力家。马力走下车，冲大家笑一笑，弯腰从车内拿出一条大中华，拆开，丢一包给近旁的某人，叫声叔或爷："您老受累了，代我发给大伙儿抽吧。"马力穿梭在人群里，叔叔大爷地招呼着，等招呼到婶子大娘时，猛拍大腿，说："看我这记性，忘了，忘了你们不抽烟……"于是又从车里拿出大包小包的糖果、饼干。

马力家成了快乐的海洋。

稍静下来，马力打开后备厢，将带给他爹娘的马湾人从没听说过的整箱的营养品搬回家，再将一沓红票子递给他爹。然后，他娘就拿着几张红票子,给在场的孤寡老人一人一张地发。接着,他爹站到门口,"大毛、二拐、疤子、老黑"地叫一通,说:"今天轮到你们了,老地方——镇上最大的饭店,马力请客。"他爹佯怒说:"警告你们,到饭店后不要假斯文,都给我放开大肚子,吃,喝! 就是嘛,他小子有的是钱,不吃白不吃,不喝白不喝嘛!"

马力家成了沸腾的海洋。

马力还专程接过马湾几个有名望的人到他省城的家做客,领他们参观他的公司和办公室。几个人回来后,马力就更成了马湾的招牌。都说马力不仅有钱,人更好,家乡观念特强。

这一天,一辆黑色的宝马停在了马力家门前。男女老少拥过来才发现不是马力,而是马力的同学李志高。说起李志高,虽然老家离马湾上百里,但马湾人都认得他。李志高从小父母双亡,跟着奶奶过日子。高中时与马力是同学,两人关系十分亲密,经常到马力家玩。因为马力的父母待他如亲儿子,李志高有几个寒暑假还是在马力家度过的。

李志高拉着马力爹的手说:"我老早就想来看您老了,您老就是我爹,没您老哪有我今天啊。"又说:"还有我的老同学,对我公司的贡献也忒大……"有人就问李志高:"马力在你的公司工作吗?"李志高点点头。大家这才知道,原来马力毕业后几年找不到工作,是李志高接收了他。于是有人议论说:"马力之所以有今天,全仗他这个老同学。"

李志高临走时,拿出十万元给马力爹,说:"您老这房子四周的环境不好,对身体不利,到村边的空地上盖几间新房子吧。"李志高又说自己对马湾是如何有感情,然后拿出五十万元,要把马湾到镇上的公路修起来。最后,李志高还诚恳地邀请马湾人到他的公司上班,保证工资要高出一般人的百分之二十……

马湾人的眼睛足足直了十几秒之后,掌声和欢呼声超过了以往任何一次。

李志高回城后就高兴地将这件事告诉马力。马力却愣住了,好一会儿才说:"让我讲个故事吧。曾经,一个小男孩,从小身体十分虚弱,读书也差,

村里人都说他弱智，同龄的孩子也嘲笑他、欺负他。他虽然拼命读书，但只考了个大专，毕业后也找不到工作。好在后来在老同学的帮助下，他有了一份不错的工作，还有了钱。有了钱，他就高调回家。他是要向村里人证明他不差。"马力幽幽地说："知道吗？这个小男孩就是我。你做的，虽然对马湾是好事，但对我……所以，你……别想叫我感谢你！"马力"呜呜"地哭了。

从此，马力离开了李志高的公司，也再没有回过马湾。

谈一场与月亮无关的恋爱

杨柳芳

那天，月亮很美，站在摩天大楼的顶上，仿佛伸手就可以将它摘下，这样的夜适合谈恋爱。

我深吸一口烟，再甩手，烟头在夜色里做了一个优雅的滑翔。

一个齐耳短发的女子背着吉他上来了，我在电梯里见过她，如果我没记错的话，她在二十五楼上班。

她上来后看看我，浅浅一笑，就坐在离我不远的石阶上，她说："可以唱歌吗？"我说："当然。"

她唱了一首《你看你看月亮的脸》，歌声在上空氤氲地回旋，我掏出烟，又开始做深吸运动，我承认，我被她的歌声感染了，心里刚刚漾起的一股坏笑，也顺了这歌声，一点点地褪去。

我和朵拉的爱情像所有庸俗的爱情一样开始了，如果这算是爱情的话。

是月亮惹的祸吧？还是朵拉的歌声？说不清，总之，我们在一个星期内就开始了拥抱，然而，又仅仅是拥抱，当我试图把唇压在朵拉的唇上时，她总是极其灵巧地避开，然后仰起头，再次唱歌。

我开始厌倦朵拉的歌，确切地说，厌倦她歌里仅仅存在的一个月亮，我是人，一个男人，一个极具欲望的男人，当我拥着朵拉的身体时，我怎么能够仅仅为了听她的歌声？还有一个可望而不可即的月亮？

朵拉甚至连对话也要用歌声来回答我。我问她，你到底是怎么想的？她就唱《月亮代表我的心》。我再问她，我们算是恋人？情人？还是朋友？她就唱《月亮情人》。我继续问，难道我们仅仅是这样了？她就唱《都是月亮

惹的祸》。

我忍无可忍地把她的吉他摔在地上，我说，什么狗屁月亮，我们能不能谈一场与月亮无关的恋爱。朵拉吃惊地看着我，就又默默地捡起吉他，她的眼泪如月光般倾泻下来，她拨弄着吉他又唱了起来。

世间万千的变幻，爱把有情的人分两端，心若知道灵犀的方向，哪怕不能够朝夕相伴，城里的月光把梦照亮，请温暖他心房……

唱罢，她看着我，看了许久，说："能，只要你愿意。"

我和朵拉来到汶川的那一天，刚好是六一节，汶川大地震已过去了 19天，那一天，朵拉穿了一条粉红色的连衣裙，裙上绣了大朵的向日葵，那天的朵拉仿佛很开心，她的笑如向日葵一般灿烂，她在舞台上给小朋友们唱歌，有太阳的歌，春天的歌，花儿的歌，唯独没有月亮的歌，自始至终都没有。

朵拉牵着我坐进孩子群里，那天的朵拉对我说了很多话，她说，她妈妈以前也常常这样牵着她的手坐进孩子群里。朵拉的妈妈是音乐老师，她继承了妈妈优美的曲线和歌喉。朵拉没有爸爸，在她很小的时候，妈妈就告诉她，爸爸喜欢嫦娥，爸爸到月亮上找嫦娥去了。朵拉还说，她妈妈叫辛朵朵，她叫辛朵拉，朵拉和妈妈同姓，她们就像一对大小姐妹。

我环顾一下四周，灾区里的孩子们在歌舞的海洋里流露出难得一见的笑容，朵拉仿佛看出了我的心思，她说，你能在他们脸上找到月亮的影子吗？我摇摇头。朵拉说，这就对了，在这里、在这时，他们需要的是阳光，你愿意在这里和我谈一场阳光恋爱吗？

我得承认，我对朵拉一直不了解，我不能像她一样放弃摩天大楼，放弃一份薪水还不错的工作，放弃城里的月光，我离开汶川的时候，朵拉最后一次给我唱歌，唱的仍然是月亮的歌。

天上、海上没有路，月亮在偷着哭，想要满足，无从弥补，思念如风，吹不散心头的孤独……

我又回到了摩天大楼，朵拉却执意地留了下来。

我在摩天大楼的顶上又日日与烟为伴，直到邂逅另一个女孩虹，我和虹

像所有庸俗的爱情一样,在月光下拥抱、接吻,偶尔我会在虹的身上寻找朵拉的影子,没有! 虹就是虹,朵拉就是朵拉,虹不喜欢唱歌,我让她唱,她就让我唱,我常常学朵拉唱月亮的歌,虹问我,干嘛总唱月亮的歌,我说,月亮下的爱情不是更浪漫吗? 虹却长叹一声,可是月亮的歌太伤感。

我和虹决定订婚之前,我决定去看看朵拉。

那天朵拉穿着一条褪色的牛仔裤和一件 V 领 T 恤,她看到我时,迎着阳光向我奔来,她的齐耳短发在阳光下微微地扬起,肩头上的吉他偶尔会被不经意地碰撞发出哧拉的声响,朵拉惊讶于我的出现,她一见我,就一头扑上来,她说,嗨! 亲爱的东里,我知道你会回来的。

朵拉再次把我拉到孩子群里,她对孩子们说,今天我们欢迎一个大朋友。说完,抱起吉他唱起来:幸福的花儿心中开放,爱情的歌儿随风飘荡……

唱毕,一个孩子突然哭起来,另一个孩子见状,也忍不住"哇"的一声哭了,一边哭一边说,当时,辛老师给我们唱的就是这首歌。

朵拉抹一把眼睛,看看我,然后笑着说,以后我们的生活一定会充满阳光,yes or no?

我的心猛然一抽,继而又黯淡下来,我终于知道,谈一场与月亮无关的恋爱竟是那么难。

卖土鸡蛋的老人

杨姣娥

正是下班的高峰期，突如其来的雨，把路上的行人赶得不由自主地加快了速度，有的冒雨飞奔，有的闪身躲进了路边的店铺。

我举着伞匆匆走在回家的路上，一眼瞥到了街头拐弯处专卖老面馒头的店铺炉子边，蹲着个愁眉苦脸的瘦弱老头，老人看上去七十开外，头戴一顶护耳黄帽子，帽子周边的绒毛像被什么东西啃了似的，这里一个洞，那里一个眼，帽檐油光发亮，一看就知道戴了很多年；身上裹了件污渍斑斑的灰色棉袄，棉袄的右肩露出了颜色发黄的棉花，脚上穿的是一双20世纪80年代流行的解放鞋，脚边一左一右摆着两个卖菜的大竹筐。老人双手交叉怀抱扁担，缩成一团，但两只混浊的眼睛却四处张望，流露出的焦虑和急迫，使我忍不住停下了脚步。

此时的馒头铺可能是馒头卖完的缘故，已经关门放下了卷帘门，门外炉子上因盖着移出门面的铁皮蓬而有两尺左右的干地，这是馒头铺老板每天专摆放铝皮铁柜的地方，柜子里一年四季盖块干净白布，白布下是旁边炉子上的大铁锅新蒸出来的馒头。我一天四次经过这里上下班，每次都习惯性地望一眼店里的中年夫妻，看到他们一个埋头揉面粉，一个反反复复揭布递馒头收钱时，心里总有种安然的感觉。

老人见我停步站在了他的面前，立即丢下扁担，急切地问我："要吗？我这里有自家地里种的黑豆、芝麻。"听说是黑豆、芝麻，我心里一动。前段时间在网上看到一篇帖子，说是用黑豆、黑米、黑芝麻、百合、薏仁、核桃、大米、红糖熬成粥，每天坚持喝一碗，连续坚持三个月，不仅可以使白发不再复生，

而且皮肤还可以变得白皙和光滑。爱美是女人的天性，正在为一头白发烦恼的我看到这个帖子后，不管是否确切，当下就付诸了行动，在超市买齐了上述食材，开始每天早起用电饭煲熬粥吃，这样既可以当早饭，又可以当治疗白发的药方，已经坚持了半个月。不要说吃三个月黑豆、黑米、黑芝麻就能使白发变黑发，就是长年累月地吃我也愿意。

我蹲在竹筐前，翻看老人竹筐里的黑豆、芝麻，随口问了句："黑豆多少钱一斤？"老人回答说："三元一斤，如果你都要还可以便宜一点。"我拎了装着黑豆的塑料袋掂了两下，感觉不会超过 5 斤，便说称一下我全买了。又见旁边袋子里的白芝麻很干净，想到老人天都黑了，还要蹲在冷雨中卖这点芝麻，动了恻忍之心，价也没问，要他一并称了全卖给我。

老人显然非常高兴，干黑多皱的脸上抑制不住笑容，与刚才缩成一团的愁眉苦脸一下子判若两人，话也明显多了起来，一个劲地说："你放心，这都是我自家种的黑豆芝麻，你看这豆子的颗粒都很小，表皮还有些坑凹，不好看，但正宗，哪有地里长出来的东西光溜溜尽好看啊。"等我付完钱转身，老人又讷讷地问："你要土鸡蛋吗？"我说："现在真正的土鸡蛋很难买到，如果你有的话，卖一点给我也行。"老人瘪着嘴笑了一下，拍胸保证说："放心，我卖的土鸡蛋绝对正宗，不会骗你，四医院的刘医生也是在我这里买土鸡蛋，都好几次了。"我不置可否地点点头。

见我仍提着袋子往前走，老人颠颠地跟了上来，一迭声地"哎，哎"。刚才的账明明已经结清，他还跟着我？我有些不耐烦地侧身站定，问他干吗？老人抬眼看了下我的表情，欲言又止。见他不语，我返身又走。老人又喊了声："哎！"我干脆转身站定，问他到底想干吗？老人这才垂首说："我想找你要个手机号，以后攒了土鸡蛋，就可以直接卖给你。"

我恍然，现在要想买到纯粹散养的家禽土鸡蛋已经很难，无论是在城里，还是在乡下，人们学会了以利益为目的的成批复制，那些看上去个小蛋黄的土鸡蛋已经不是我们小时候吃过的味道。而且，买不买土鸡蛋，于我并不是很重要。孩子在外读书，家里就我和丈夫，平时买菜做饭的事都是他在

操心，只是偶尔碰到了自己喜欢的绿色蔬菜，我才会顺便买把带回家，而这个顺便，也是可以掰着手指头算得清的事。但看到老人站在雨中巴巴的眼神，我心一软，还是敷衍地从包里掏出便笺，写好自己的名字和手机号交给了他。

生命的河流沿着固定的模式一日日重复，每天奔波在生活的路途上，做着自认为有意义的事情，我渐渐忘记了那个老人。

一天上午，我正在武汉开会，包里的电话急速响起，我担心影响别人，连忙接通电话急步走出会议室，电话里传来一个陌生而苍老的声音："喂，喂！你是杨姣娥吗？"这声音迟疑、陌生，带着浓重的乡音，我问他是谁？他扯着嗓子大叫："是我呀，我带土鸡蛋到铁山了，你现在在哪儿？我给你送过来！"

土鸡蛋，土鸡蛋，我脑子急速地运转。哦，想起来了，是那个我买了他黑豆芝麻的老人。都过去几个月了，当时只是敷衍下他，没想到老人如此当真，我不由有些感动，连忙在电话中劝慰老人："大爷，我现在在武汉开会，一时半会也回不来，土鸡蛋的事就算了，卖给别人是一样的……"

老人显然很失落，停了半晌，才缓缓地说："上次打电话找你，你没接，我只好将土鸡蛋送给了四医院的刘医生。这次打你的手机，你又不在家。唉——"长长的叹气声从电话里传来，我似乎看到了老人巴巴的眼神，便疑惑地问他什么时候打过我的电话？老人说，就是有天晚上十点来钟，我拨通了你的手机，好像还连拨了三次，你都没接听电话，家里就两只母鸡生蛋，又不是天天生，我攒了这么多天，才攒了20多个。

我想起来了，是有这么个晚上。当时的我正在电脑前神思飞扬，手指如飞，电脑桌上的手机响了。拿起来打开翻盖看了一下，是一个从没见过的陌生手机号。我一般不接陌生来电，尤其是深夜写作时，突如其来的电话铃响往往吓得我心惊胆战，头皮发麻，又不敢随便关机，担心在外求学的儿子和老家亲人万一真有什么事打不通我的电话。但那次，因为这个陌生号码不屈不挠地一次次打破夜的宁静，我愤怒地关掉了手机。

现在才明白，那个电话是老人打来的。

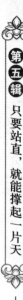

我还要开会，不便多说，便将老人的号码存入了手机电话本，不知老人姓甚名谁，直接在姓名一栏写上"卖土鸡蛋的老人"。

转眼到了五月，我在随州开笔会。同房的优雅娴静，不喜多言，她是轻睡眠，我暗暗督促自己，千万要注意自己的行为，别吵醒了她。

可就在这天夜里，我们都在沉睡时，枕头边的电话像防空警报一样突然响了，格外刺耳。我懵懵懂懂立即翻身坐起，拿起电话打开翻盖一看，来电显示居然又是"卖土鸡蛋的老人"，我怕惊动同房，忙按断电话，一看时间，居然是凌晨四点钟！

我心里非常气恼：这老头怎么了？这个时候打电话给我，也不怕吵着了人家！我担心老人又像上次一样，反反复复打我的电话，便随手关掉手机。

早晨六点多钟起床后，我打开手机回拨老人电话，问他找我有什么事。

老人在电话里扯着嗓子问："杨姣娥，你的家在哪里？刚才打电话给你就是想赶在你上班前送土鸡蛋到你家里来，你能不能在家里等我一下，我快到铁山了！"

我拿着手机放在耳边长久无言，最后有些哽咽地说："大爷，谢谢你，我现在不在铁山，你将我的名字和手机号丢了吧！"

闲汉听故事

晏 瑜

　　黑石村的王三是个闲汉。一天到晚吃了玩，玩饿了吃，日子过得自由自在。有人会问，既然王三光玩不做事，他怎么会有吃有喝呢？原因是，他老爹老妈，在村口开了个小卖店，多少能给他赚些钞票回来。

　　这一天，王三听说在外地捞世界的二毛回来了，就上门去玩。

　　二毛看见王三来了，就说："王三，你今天还是没事做？"

　　王三说："正闲得心发慌呢，所以，来找你聊天来了。"

　　二毛说："那好，我们就摆龙门阵吧。"

　　王三说："行呀，我从小就爱听故事。爷爷一死，好久没听人给我讲故事了。"

　　二毛点点头，就讲开了。他说："我在南方打工时，有个工友说他看到一个报道，说一个款爷结婚，那阵势，好排场啊：婚礼全由车队组成，打头两辆蓝色军用三轮摩托车开道，车斗里的人，每人手持一个对讲机。18辆深红色的两轮摩托车，双双排成纵队，就像国家举行盛大活动开幕式上的开道车队。紧接着两辆日产银灰色小轿车，后面一辆绿色进口客货小轿车，车里有一支喇叭唢呐锣鼓手队，吹吹打打，热闹非凡。其后才是车队核心，一辆崭新皇冠轿车，引导着五辆豪华丰田轿车。这六辆轿车里分别坐着傧相、伴郎伴娘，新郎新娘和双方的父母及舅父舅母。随后又一辆银灰色客货两用车，车里一群着装一色的六个小伙子，正在接连燃放鞭炮。小车后面是两辆大型豪华旅游车，分别乘坐播音员和悬挂标语之用。车上有一副木牌做的对联，对联的字，全是用百元大钞粘贴而成的。随后又是四辆面包车，收尾是两辆三轮摩托车,车斗里的人手持对讲机。全部车队绕镇一周,开进镇中心一家六层高的大酒楼,那里备办着 100 桌丰盛的酒宴。王三,你说这款爷的气势如何?"

王三听得眼睛溜圆,怔了半晌才说:"狗仗人势,人借钱威。如今的有钱人,如雨后春笋,越冒越多。"

二毛说:"可不是,各行各业都有款爷,不光商界,其他行业也有的是。你知道,挣钱最快是干什么?"

王三说:"当然是倒卖鸦片烟呗。"

二毛说:"想死啦?那还不枪毙了你!告诉你,是歌星。毛阿敏唱首歌,多少钱?"

王三咬咬牙,说:"800 块吧,咱们县长一月的工资呢!"

二毛淡淡一笑,说:"其实,毛阿敏每演出一场音乐会,出场费是 8000 元。天哪!一场最多唱两三首歌,你想想,一首歌值了多少钱?"

王三听得愣愣的,没说话。

二毛说:"这都还是小巫。再给你讲个故事:有一年,美国一个杂志发行大亨马尔科姆·福布尔,在摩洛哥的地中海海滨花园别墅里庆贺生日,他专程包了 5 架飞机,把 800 多名客人从纽约接到摩洛哥,包了整整一座大饭店,供客人们吃住一星期,据说花费达 400 多万美元。你想,一美元又值多少人民币呢?"

二毛讲到这里,把王三听得腰都挺直了,双目直盯住二毛的嘴,半晌,不见吱声。

二毛说:"怎么样?款爷的故事,多么惊心动魄呀。"

王三说:"你的故事,不叫故事,倒像一盆火,烧得我心里难受。"

二毛说:"咋不叫故事,这是实实在在的故事。好啦,不必多说了。我再给你讲个……"

"别讲了!够了!够了!"王三突然挥动着双手,打断二毛的话头。"狗日些,都有钱!听得我又羡慕,又气人!我越听心越慌了,烦死人了!好了,

不听了，一句也不听了，告辞了！"说完，王三抬腿就走出了二毛的家门。

从次日起，二毛没看见闲人王三的人影。王三突然失踪了！

两个星期后，终于有了王三的确切消息。原来，王三出门打工挣钱去了，成了忙汉了。

时光匆匆，转眼多半年就过去了。

一天，王三的娘赶集时，被过路的拖拉机撞倒，小腿骨折了，住院了。王三得到消息，很快请假赶回了家乡。众人见到王三时，他老远就与人们打招呼。王三给乡亲们发烟时，不小心从衣袋里带出来一个工作证，有人拿来一看，原来王三成了特区某五金厂成型车间的主管哩！嘿！这小子，竟然当上了管理工人的官儿了。

半个月后，王三办完家事，正要返回特区时，二毛找上门来了。二毛说，他回来好久了，在家没事，想求王三带他去王三打工的厂子里，谋个差事。王三答应了。

二毛说："谢谢。"王三说："你别谢我，我得多谢你当初给我讲的故事，我正准备忙完了，走时去谢你哩。"

于是，当天下午，王三带上二毛，以及村里的另外三个后生，一起出发挣钱去了。

油菜花开

徐慧莉

春暖花开，独步村口。刚拐过一处屋角，就有一股醉人的香气扑面而至，沁人肺腑。展眼前望，黄灿灿的一片，把眼睛逼得都睁不开了。风儿暖洋洋的，有意无意间，轻扬臂肘，微摇花秆，抚弄这一片粉嫩，发出簌簌的低笑声，落黄无数。伫立花前，立刻沉入这无边荡漾的黄浪中，不能自拔。

黄是熟悉的黄。幼时，春光明媚的日子，必挎个小篮到处溜，与其说是挖野菜，不如说是找借口玩。呼啦啦召集来小玩伴们，排成队，一路走一路唱，雄赳赳，气昂昂，把快乐放飞在乡村明净的上空。寻着寻着，便生出诸多无趣来，如此美好的日子就在这伸颈、弯腰间滑逝，岂不可惜？想法一说出口，大家都有同感，至于玩什么，意见不太统一，可是乡间实在找不出可供一群人玩的游戏，捉迷藏自是首选。"石头剪刀布"来过几次后，便确定出双方的人选，这时即便有意见也无话可说，小孩子是最懂得遵守游戏规则的。

畈区无好的栖身之处，茂密的油菜花便是藏匿的最佳之处。双方就捉迷藏的注意事项再三强调，叫对方转身、闭眼、不准偷看，等对方答应、照做过后，另一方便迅速杀进地里，在地沟间快速穿行。藏好后，发信号，任是对方想尽办法逗引也不吭声。菜地面积很大，但小伙伴在一起玩的时候多，彼此间的习性都十分熟悉，不用花太长时间，准被一个个逮住。要是实在找不到，那找的人会灰心地说："不玩了不玩了，一点都没意思。"等藏着的人一一跑出来，他们会猛扑上前，抱住对方的臂膀不松手，兴奋地大叫："抓着了，抓着了！"原来他们在使诈呢！于是被诈的人强烈抗议，要求重来。可开始比赛前并没有规定此招不行，因而双方都不肯示弱，扯着嗓子宣布自己是胜利者，争吵不休，把嗓子都喊哑了。笑闹间，才发现大家都变成了土人，相视而

乐，不再计较。重新玩时，规则细定，谁也不能使诈。

玩够了，天色已渐渐变暗，便在田埂上走来走去，可哪有耐心找野菜啊？但小篮不装满，回家怕骂，瞅瞅没人，大家便去附近农田里扯些紫云英塞在篮底回家。只是这是要冒风险的，有好几次我们被老农发现。那些人高声地叫，咚咚地跺脚，把个田野搅得四处都是响动，吓得我们魂飞魄散，一路狂奔。

菜自然管不上了，但小篮是不敢丢的，好几回为捡篮子掉进水沟里。沟里水不太深，但有淤泥，鞋陷进去不太容易拔出，要在平时，定会等大人来拉才肯上岸。可这非常时刻就不行了，才一落沟，就迅速抓住埂上的草根什么的，小脚一搭就上来了，顾不上看脚底鞋子的惨状，撒开脚丫子再奔，估计比电影里的快镜头还要快一些。最后实在跑不动了，便一头扎进油菜地里，再也不出来。一屁股坐在地沟里，大汗淋漓，心突突地跳，眼前直泛金星，希望油菜花再长高一些，长密一些，把人包起来才好呢！正在惶然间，那不知情的小蜜蜂却来凑热闹，在头顶上"嗡嗡"叫个不停，把人唬得全身发冷，咬牙切齿，只盼望它赶快滚开。可它偏不，甚至还跑耳边来叫，可能把我也当花了。大气不敢出，紧闭双眼，听天由命，但心底从此把蜜蜂恨上了，任别人夸它如何勤劳也不改成见。

等天色完全暗下来，才摸索着走出，发现小伙伴们早不知去向，心里怨他们太不够朋友。进家门，妹妹大惊小怪地问起，赶紧把话题截住，只说过沟时不小心跌倒的，可母亲早知内情。看她气呼呼地拿着小棍儿从里屋出来，我赶紧躲隔壁爷爷奶奶家去，任喊破嗓子也不回家。

晚上临睡前，把菜地里的经历一一道来，爷爷奶奶会跟着笑，但再三叮嘱，叫以后别扯人家的花草，来年农田里的丰收就指着它呢。我迷迷糊糊地应着，不一会儿就沉入梦乡，梦里自己变成一张密实的大网，把所有蜜蜂都死死兜住，不让嗡嗡叫，痛快极了。

回到眼前，这黄又不全是熟悉的黄。那烙在我记忆中的黄，带着嘻嘻的欢笑和浅浅的恐慌，让我难以割舍。多年后，虽然身处异地他乡，但每到春天，我都会想起年少时的一幕，想起那些可爱的伙伴们，不知如今他们的日子是不是过得也如油菜花一样香，一样灿烂？